U0933787

主编　凌翔　王晓霞

当代作家精品·散文卷

大地苍茫

金国泉　著

中国画报出版社·北京

图书在版编目 (CIP) 数据

大地苍茫 / 金国泉著 . -- 北京 : 中国画报出版社 , 2022.9
（当代作家精品）
ISBN 978-7-5146-2105-1

Ⅰ . ①大… Ⅱ . ①金… Ⅲ . ①散文集—中国—当代 Ⅳ . ① I267

中国版本图书馆 CIP 数据核字（2022）第 010082 号

大地苍茫

金国泉　著

出 版 人：方允仲
责任编辑：石曼琳
责任印制：焦　洋

出版发行：中国画报出版社
地　　址：中国北京市海淀区车公庄西路 33 号　邮编：100048
发 行 部：010–88417360　010–68414683（传真）
总编室兼传真：010–88417359　版权部：010–88417359

开　　本：16 开（710mm × 1000mm）
印　　张：13.5
字　　数：200 千字
版　　次：2022 年 9 月第 1 版　2022 年 9 月第 1 次印刷
印　　刷：涿州军迪印刷有限公司
书　　号：ISBN 978-7-5146-2105-1
定　　价：69.80 元

序

在诗歌、小说、散文、文学评论这四种文体中，写作散文肯定是人数最多的，甚至可以说，凡是有一点文化的，都写过散文，因为按照广义的定义，日记等应用文都可被视为散文。因此散文作品不可计数，但也鱼龙混杂、泥沙俱下，而且问题在于没有多少人对什么才是文学有所认识，文学性质较弱甚至非文学的散文反而常常被捧为佳作。

1988 年起，我将散文划分为文学性散文与传统散文（后来改为“非文学散文”），并且一直主张把文学性散文与一般意义的也就是非文学散文（或曰“传统散文”）区分开来，区分的标准是意味——文学就是意味，没有意味的散文就不是文学性质的散文。对于理论界习惯评价散文的价值，我则认为，价值对于文学作品当然也是重要的，但世间任何东西都有价值，所以价值不是区分文学作品与非文学作品的要素。

金国泉的散文具有浓郁的意味，因此他的散文无疑是具有强烈文学性质的散文。这样的散文，在中国当前数量庞大的散文中属于少数。写到此我想起一个有趣的现象：这二三十年来中国出现的写作文学性质的散文并且著名的，几乎都是或者曾经是诗人，而且他们的散文都很快地引起了读者注意。这说明了什么？我想，这应该与诗是文学的最高形式，具有最强烈的文学性质与规范性有关。换言之，这些曾经写过一段时间新诗，并且是写作那种性质正确的新诗的，当他写作散文时，自热而然地就将文学性质“带”过来了。而有着现代诗性质的新诗的种种技巧，例如意象建构与叠加、跨跳、象征以及结构上的总体象征等，几乎天然地可以用于散文的写作，因此，他们的散文创作，在开始阶段就处于相当高的高度。到现在仍然是诗人的金国泉的散文创作，也正是这样。

当然，不是诗人，或者没有写过新诗的，也完全可以写出上述这种散文，因为在浓雾中，可以到达的道路不止一条。

从金国泉这本散文集中的散文，可以看出文学的散文与传统散文的几个主要区别。

首先从表面来看，是题材的重要性大大降低了。传统散文对题材的依赖性非常大，因为如果选材选得恰到好处，会形成一个淡淡的总体象征，而有了总体象征，即使是最低层次的，也可以产生一些意外从而具有文学性质。但哪来那么多这样的好题材（素材）？哪会有常常恰到好处的幸运？所以，我们读到的传统散文大多是记述性的“流水账”，平面的，最好的也不过是靠修辞获得的所谓诗情画意。总而言之，传统散文关注和依赖的是外部。文学的散文自然不能离开题材，但不依赖于题材（素材）本身含有的意义及其价值，因为它所依赖的是作者自己内心对于题材（素材）的感悟，体现于散文则是内与外的结合与多重转换。换言之，意义及其价值是作者个人融之于那个或者那些对象事物的。所以，国泉的散文所写到的，几乎没有重大题材，并且几乎都是容易被人忽略的、琐碎的小，读来却觉得大，是国泉令它们具有了人类生存与存在的象征性质或者指示性（人类的生存与存在是人类文学的最重大主题），从而变得重大起来。而做到了这一点，散文也就具有了哲学性质。所以，阅读金国泉的散文，不仅需要文学修养，而且最好也具有一些哲学修养。否则，就难以很好地体会到散文传达的意味中包含些什么。

我写过一篇评论——《最高的哲学与最高的诗》（《安徽文学》，2014年第6期），开篇就说："我一直认为，有一种诗，它几乎就是最高的哲学（这里的"最高的哲学"是相对于一般的哲学而言）。而这个'几乎'，不是因为它做不到，而是因为它是诗。但是，正因为这个'几乎'，使它比哲学的涵义更丰富，更复杂，更深刻，因为哲学是抽象的，抽象就是确定，意义只能是单一的，而这种诗是以极富暗示性、辐射性的意象而获得了抽象，这样的抽象既确定又流动，其意义是终极本源的一所变化的多，因此其意义也常常不是以意义的面貌出现，而是意味（详细阐述参见我的《现代诗学》，昆仑出版社）。"将这段论述中的诗改为散文，就可以用于国泉的散文以及同样性质的散文了。其中，"以极富暗示性、辐射性的意象而获得了抽象，这样的抽象既确定又流动，其意义是终极本源的一所变化的多，因此其意义也常常不是以意义的面貌出现，而是意味"正是国泉散文突出的艺术特征。这是国泉散文包括同类散文与传统散文的又一个重大区别——传统散文停留并且满足于"形象"，其意义是赤裸裸出现的（所谓点题，或者卒章显志）。

值得指出的是，金国泉散文在这方面显示出的娴熟的技巧与功力，即：

善于建构极富暗示性、辐射性的意象，由这种意象获得并且包容抽象，并且使这样的抽象在散文的多个意象中既确定又流动，在这种既确定又流动中变化出意义的多，而意义一多，意义的面貌就模糊，转换成了意味（仍然以意义为主体的意味）；全篇各个局部构成的不可简单明确说出其所包含的意义的意味，反过来笼罩并且滋润了各意象和整篇散文，就使得整篇散文获得并且散发着文学作品必需的形而上的美学意味，即完成了以意义为主体的意味向美学意味的转变。

阅读国泉的这些散文，我还有一个发现，就是他常常喜欢使用斩钉截铁的判断句，还常常是一篇散文的第一句，例如“乡村是细碎的”（《细碎》），等等。这可能与他作为评论家养成的语言习惯有关（现在想想，我的散文也常常这样）。劈面而来的这样斩钉截铁的判断句，并且其判断出人意外，有着摄取读者心神或者说注意力的效果。但可贵的是，国泉后面甚至整篇的篇幅，都是对这一判断的“论证”——给这里的论证加上引号，是因为国泉所用的是散文文学方式的论证，而非论文的。时下有些散文，甚至全篇都是斩钉截铁的判断句（其实这已经是随笔了），却没有任何论证——即使是议论性的随笔，观点提出后也是必须以随笔的方式加以论证的。这样的所谓散文还被捧得很高，可叹！

国泉的“论证”之所以可贵，在于散文总是避免不了判断的，判断加之以“论证”，表明文学性散文固然是以形象思维为主，但形象思维的运行却是依照逻辑的指引。尤其是多个不同场景、不同性质的碎片组合成的一篇散文，其分裂的同时能够统一，又保存各个局部的分裂（独立），更是依靠坚强的逻辑，尽管在散文中这逻辑常常是隐藏的。另外，从结构来看，一个完整的结构，必然是由逻辑构成并且统治的。国泉散文中隐藏着的逻辑的运行我在这里就不分析了，仅提示一下：注意散文中不同场景、不同性质的事物碎片，或情感或意味的转换处，然后把全篇中这些转换处按照先后顺序，再把它作为一个整体来观察。

写到这里，我去读了一遍金国泉这本散文集的自序，印证了金国泉的散文之所以如此，是因为他有着理论的自觉的感觉。知其所以然者与不知其所以然者的文学创作是不一样的。由此，我觉得有理由期待国泉的散文在将来百尺竿头更进一步，写出更多更好的文学性散文。

谨以此文为国泉这本散文集之序，完成国泉嘱我作序的任务，并祝贺他的这本散文集面世。

我愿意推荐这本散文集，因为它当得起佳作这个评语。

沈天鸿

2019 年 7 月 7 日于安庆

（本序作者为安徽省作协主席）

自序　经得起历史和时间之风的一再吹打

散文比任何文体都庞杂，简直就是一盘大杂烩。除了诗歌、小说，其他文学的东西都可称为散文（报告文学无疑是个例外），都可以往这个盘子里面放。至于到底是洋葱还是大蒜，只有品尝了才能知道。在散文这个大家族中，什么是真正的散文，或者说什么是真正意义上的那个处在核心部位的可以称之为文学性的散文？正如有人回答什么是诗歌一样，除去非诗的部分，剩下的就是诗了。按照这个解释，除去不是文学性质的散文，剩下的那部分就是文学性质的散文了。我相信这个回答没有一个人满意。我自己也不满意这种“除了你的就是我的”的二分排除法论断。

散文加上文学性，即文学性散文，这话听起来显然矛盾，因为散文这个文体本就在文学文体范畴之内，何必加上文学性？何来文学性散文这一画蛇添足之说？但这个画蛇添足之说的确有其“画上去”的必要，它有清热化瘀、厘清真伪之功效，也就是说，在散文这个大家庭中非文学性已然十分突出，杂质多，杂技杂耍多，且含量很高，有的甚至扬风乍毛。

历史上的“形散而神不散”这个古典审美论断一直笼罩着散文这片广阔的地域，那么坚定地不肯离去，当然也很少有人敢叫它出去。事实上，每一体裁的文本均不同程度地契合“形散而神不散”这个论断，也就是说“形散而神不散”之说是一个大“帽子”，“帽子”底下人很多，不足以精确地甄别出某一个别文体，包括散文。神游八极的诗歌、叙事见长的小说，均有散状结构，甚至“散射”，但其神都是不散的。神如果散了，那就基本上不在文学作品这个范畴之内（即使是一张便条也应该有一个主题，主题应该是“神”），早就该另立门户了。即便是常常把叙述现实生活与幻想和回忆混合起来的美国的黑色幽默派作品，也仍然被凝聚成了海勒的《第二十二条军规》、品钦的《万有引力之虹》而勇立于世界文学潮头。

文学作品，处在第一位的当然是文学性。文学性散文这一当代性说法，我没去考证是谁第一个提出来的。这一提法实际也是为当下驳杂的散文大家族正身。在我看来，区分文学性与非文学性的一个重要标准是它是否具备诗性及其哲学性。这里所说的诗性不能简单地理解为文学门类中的那个分行“产品”，它应该包含整个人类的精神家园。这个精神家园是一种生命的体验，是一种对存在的关注与思考。

著名评论家沈天鸿早在1988年就在《百家》撰文指出：

“散文不需要去说出世界——在说出世界这一点上，散文远不如历史学、社会学等，因此，在这方面，散文应该没有说出任何东西，它取消世界；散文所展示的应是另一个世界：自觉求假的作品的世界，一个充满感情的世界。以这种新的方式抒写出来的感性世界才能丰富人和日常世界的联系，使人‘生活得更多’（加缪语）：不断更换了生命的体验方式。”（沈天鸿：《中国新时期散文沉疴初探》，《百家》1988 年第 6 期）

文学作品的写作目的是要给读者或者说人类带来精神上的愉悦，并在此基础上产生思考，思考人类的当下及其未来。不能给读者带来思考及美的享受的东西不能称之为文学，散文当然不能例外。

不可否认，我的这个散文观亦即我认为真正意义上的散文受到了我的老师沈天鸿的诗歌、散文作品及其文学理论作品的影响。也许这也是一种“自觉求假精神”，这种“自觉求假精神”使我的诗学观直接延伸、影响到了我的散文创作领域。这是一种个人写作的惯性使然，因而我的散文与我的诗同行，它不可避免地与时下流行的所谓美文有所不同，也与时下整版整版地在报纸刊物上“闪亮登场”的类似于风景区说明书或导游解说词式的游记体散文等区别开来——这话忘了在哪里见过，但我还是要在此重复一下。

我认为真正意义上的散文或者说文学意义上的散文是作者对当下正在发生或过去发生而当下突然因某种情绪、某个情景拨动了心弦，不得不让作者产生的一种思考，获得的一种生活感受，或者说生命感受，从而折射出的一种生活体验和观照，甚至是对生存或存在的独一无二的自我认知。

体验不是经验，虽然体验从某种意义上讲来自于经验。但体验是对经验的升华，对经验的诠释或者叩问。经验可能来自于他人，体验则应该是自己的。有了体验便是有了对经验的诗意的理解和解读。文学意义上的散文应该如此。

毋庸讳言，一直以来，在我的诗歌中，我对平面性语言亦即叙事性语言讳莫如深。我认为平面性的语言由于其透水性不强，不能渗入河床，不能滋养两岸让两岸草香树茂，让诗歌失去应有的张力和生命力，失去对诗歌这个生命的应有支撑，没有那种让人不得不一再去读去探究的引力。它的线性结构让它天生具有了一维性和不可逆性。而一维性和不可逆性让读者无法找到那碧绿的含苞欲放的枝叶，它刚一出生，便光秃秃的没有一点生机和活力地“死亡”了。也不可点击，每点必“死机”。以“三高”诊断，俨然就是饱和性脂肪酸。而饱和性脂肪酸，容易引发中风、脑血栓等不治之症，从而导致文本瘫痪。

叙事性语言就是一种饱和性语言。

叙事就是对事件的记录。这应该是小说这种文体应有的元素之一，而不应该属于诗歌。诗歌应该远离叙事，逃离叙事，或者诗歌应该把叙事敲碎，然后选择性地拾起那些发光的照得见来路也照得见归途的碎片，然后用这些拾起来的碎片去拼搭、去建构起属于诗人自己的心灵空间，然后去照亮读者的心灵。当然，这个拼搭、建构的材料不能只有这些发光的碎片，还要有其他的东西。拼搭、建构的过程就是创作的过程。

我对诗歌如此，我对散文亦如此。这里的散文当然是指文学性散文。

我并不反对也无权反对在散文中叙事，记录事件。如果那样理解就是一种误解、误读了。我只是想它不应该是故事，不应该是说明文，不应该是科普读物，不应该是……散文应该有它自己的叙事方式。米沃什说过，诗歌是对遗忘的反抗。这同样适合我对散文的理解。反抗遗忘就是要对已遗忘的事件进行追忆，甚至是追问，它绝不能满足于记事-叙事，它也无法满足——因为它已被遗忘。它对这个已被遗忘的事件应该既延续又断裂，“似是而非”般多向度切入，多角度铺陈，甚至颠覆事件，重新生长出它的枝节、枝叶，从而从这已被遗忘的人物、事件、场景中挖掘出意味，挖掘出哲学的思考。

语言一定要具备疏离感，亦即适当适时地离开实事的现场。

沈天鸿说过，散文不能仅满足于形象，而应该把形象尽量上升到意象。有了意象就有了意味，就有了与众不同的与其他非文学散文区分开来的本质。意象有实象与虚象之分。实象具有实体性，虚象具有虚构性，实象与虚象在散文这个大家族中甚至是文学性质的散文中仍然会也应该同时出现。它始终是一个对立的统一体，有了对立才有了统一，才有了审美意义上的文学性质的散文。文学性质的散文就是以实击虚，以虚击实，在虚实的结合中彰显它的张力，让它意味深长。

以实击虚，以虚击实，实际是一种探索，是一种“探索词与词之间的关系所产生的效果，或者说得确切一些，探索词与词之间的共鸣关系所产生的效果”。（瓦雷里《一次讲演的札记》）这个共鸣关系应该就是诗意的，就是镶嵌在那些叙事碎片里面的意味。是存在也是存在者。读者要的就是这个关系。这种共鸣关系也就是我们大家孜孜以求的，经得起时间之风的一再吹打。

老子说，道生一，一生二，二生三，三生万物。在这里，我想可以把“道”理解为我们正在使用的语词、正在进行创作的行为。文学性的散文创作就需要这样的语词。当然这个语词不是与生俱来的，是需要我们创作者去寻求，去一天天持之以恒地磨炼、锻造的。

2019 年 6 月于芜湖

目　录

第一辑　大地苍茫

第二辑　绘画及其他

第三辑 静夜思

第四辑　时光流逝

第一辑　大地苍茫

那些树在摇曳
那些波浪在涌动
那条道路走进了村庄
但它会自己走出来
自己变细变粗
自己走向又黏又硬的黄土冈

老屋

那么大一个窟窿就悬在我家老屋的屋顶，我不知道它是在瞪大眼睛，还是在竖起耳朵？切断了的几匹椼子——对，应该是切断，被风或者雨，像切水果那样一分为二。另一半不知哪儿去了，只剩下这个半截，从顶端往下垂挂着，如果我是位诗人，我就会认为它像一个“把柄”悬挂着。应该是固定它的那根铁钉在继续维系着它，未完成使命一般，黑漆漆地摇晃着。其实，此时并没有风，摇晃应该是我的错觉。我感觉它在摇晃，要掉下来。也许感觉就是这样，总是试图拐个弯，纠正一下，将隐藏的东西显现一下。

窟窿很像一块大补丁，天空透着岁月的寒气也透着蛛网的亮光的补丁。但我搞不清天空是老屋的窟窿，还是老屋是天空的窟窿。有一张大蜘蛛网补贴在窟窿的下方，似乎在作补充性印证。但它居然也是破损了的。蜘蛛似乎知道了这是个补不起来的窟窿，因而无奈地离开了它的迷魂阵。我感到它现在已不是用来捕捉蚊虫，而是用来捕捉我们了。

老屋需要补的就是这些光亮吗？的确，这个堂屋，在我老家，除了门之外，习惯上就只用几块亮瓦与天空保持联系，让我们从此处获得一小块天空，其他都成一个整体，整体性封闭起来。这样的建筑式样在我离开老家前的农村很普遍。普遍是一种接纳，接纳然后承受。我搞不清我的老祖宗为什么会接纳这样一种谨慎的思维。或许，他们认为人生只需要一小块天空即可，多了浪费，没用。现在想来，老屋也显示了它的无奈，并通过无奈显示反抗，每一块瓦之间有了似乎是因反抗而产生的缝隙，并通过这些缝隙漏下风、漏下雨、漏下雪，并漏下一丝丝的光，同时，又将呼噜与梦呓滤出，滤向岁月的底部。

此刻，我怎么也想不通，这几间瓦屋虽没有钢筋水泥做的四梁八柱，但也曾是那样的厚实，打了很深的基础——记得是我与三哥四哥在田间劳作休息时一起夯实的。那用石磙打夯时的笑声与喘气声似仍充盈在这个屋子里，哈哈有声。

这屋有梁有脊，有红砖有青瓦，怎么说撑不住就撑不住了呢？这是一种删除还是一种放弃？老屋想删除或放弃什么呢？我想，比我更容易老去的老屋此时透出来的既是一种倾听，也是一种剥离。剥离并露出它的沧桑、它的风雨兼程、它的长了青苔的陈年旧事，倾听现在的我们走进并走出这段岁月时的脚步声。

屋的脊梁，抬头看上去是真有些往下弯曲了。像我的三哥四哥，三哥四哥笔挺的脊梁现在渐渐弓了起来。岁月让他们弯了下去，岁月又让他们在弯下去的同时呈现出一张弓的姿势挺起来。弓自然就有一种蓄势待发、坦然迎迓的感觉，即便是挂在墙上，即便没有了弓弦。看着他们整日里围着孙儿们转，驮过无数沉重的泥土与谷物的背现在驮着孙儿们的笑声，这笑声与泥土、与谷物孰重孰轻？我不得不承认这是一种境界。这个境界虽然茫然，但却是向前的，就像这老屋，它仍在茫然地传递又传承。

他们亲手搭建的这栋屋的脊梁似乎也是一脸的茫然，它在支撑，又在向里凹陷，似乎要将这些有点霉味儿的岁月打包，封裹起来。岁月终究是如此之重，重过这些红砖青瓦了。守候了几十年的红砖青瓦也慢慢在改变，红砖的容颜已然淡定，当初那样激烈的火红，现在苍白而没有了张力。那些青瓦从窟窿上掉下来后，便不再是青瓦了，而是瓦砾。从瓦到瓦砾只一瞬，但这一瞬应该是经过了几十年的雕琢与蜕变。这个“蜕”现在仍在这里，它不会走动。但它那个“蜕”走的东西在哪里？我没能找到。是已然搬到新居里的三哥四哥吗？是已然退守到一座小城里的我吗？是，但又不是。但无论如何，“蜕”出来的东西终归有了新的生命气息。

弯曲的脊梁上面“1983 年建造”的字迹仍然清晰可辨，我结婚时友人送的一幅中堂只剩下半边了，晾在墙壁上。风一吹，中堂的边角就有些煽动，那上面几个友人的名字也就跟着晃了起来，似乎在提醒我什么。名字虽然记得真切，但与之对应的人却早已多年没往来了，很是模糊，甚至有的已然天各一方，比这幅中堂本身更为残缺。残缺既是放弃，放弃该放弃的，也是坚守，守住该守住的。残缺甚至是一种完整，一种完整的思想在磨砺，在敲打。像老家的泥瓦匠，不停地敲去那些不需要的部分，以至于残缺，然后将这个残缺的部分锲入生活。

脊梁上，我印象最深的是每到秋天，父亲就将精挑细选的各种种子挂在上面，一来防潮，二来防鼠。记得每年都是两袋，那是悬挂着的希望。种子当然也是脊梁，比房屋的脊梁更加脊梁。父亲的这一举动实际无意中暗含了一个家庭的一切。我那时当然想不到这一层，父亲当然也想不到。但有一年，因为我的一场大病，让父亲不得不痛心地把这些种子卖了，兑换成一包一包的中药。这些种子卖给了谁，现在碧绿着哪一方，我无法知道。我只记得当时父亲含着笑，但笑里有泪，笑是对着我，泪是对着全家，真正是又苦又涩！再后来，不用留种子了，有了专门卖种子的。父亲很是失落，一生的本领突然就在脊梁上方空空荡荡的。记得最清楚的是，父亲曾对一堆没有拾起的牛粪大发脾气。父亲是不是觉得自己的那些“伎俩”已与这些牛粪无异？

墙壁上的钉子仍有许多，但有的已有些歪斜。或许钉子在它主人家中已承受了很多，一种仍在坚守的样子。这些现代年轻人不理解的钉子，在20世纪的农村有它特殊的意义。老家有句俗语，叫找钉头拦网。这一方面证明老家住在湖边，大家以打鱼为生。网挂在钉子上，打回来的鱼就挂在钉子上，脱下来的衣服、帽子挂在钉子上，劳动用的绳索也挂在钉子上，钉子似乎不是楔入墙壁，而是楔入了生活，几乎成了生活的一部分。似乎生活就挂在那里，是饱是饥，是胖是瘦，一目了然。这也是一种“钉钉子精神”吗？

钉是竹钉，是父亲用废弃的竹竿削成并一根一根硬生生地钉进去的。记得当时父亲说过，总不能让人家说我们家墙上连颗挂网的钉子都找不到吧？我突然发现我的三哥四哥也是硬生生地钉到生活里去的竹钉。虽有些歪斜，但仍在这个墙壁上有用无用地坚守。

门拐两颗钉子上仍挂着一双旧布鞋，好像是三哥的，已经洞穿了。洞穿了却仍然没有被丢弃，仍挂在钉子上。我注视一阵后，没能揣摩过来味道。但它与老屋的那个窟窿多少有些对应。都是一种磨损，从这方面来讲，生活对于一个人来说并不是增加，它永远处在减少的状态，先是变得陈旧而又单薄，然后是出现窟窿，且窟窿会越来越大，直到成为一枚蝉蜕。实际上，老家的整个村子都已成为一枚“蝉蜕”，没有人居住了。他们都搬到了村村通的马路边，几乎都是两层建筑，像一条街道一样一字长蛇阵般排开去。这的确是一种蜕变。但这个蜕变的背后让我有些不适应。

脚边的这几块瓦砾，我踩上去，脆脆的来自于脚底的断裂声，让我揣摩不出它是不是一些蝉蜕，这个账的确不好计算。

一直记得有人说过这样的话，一件东西用旧了、用久了，就有了灵气。可这房屋怎么用着用着就有了窟窿，不能用也不想用了。不想用了，把它放在一边，许多东西就开始脱落。不仅没有灵气，反而是一整屋的困惑。是想更透明一些吗？这些锄头与犁头还能与田畴对接吗？这些废弃的棉花秸秆还能温暖三哥四哥的手脚，煮熟三哥四哥家的饭菜吗？从窟窿上漏下来的光仍不能清楚照彻。

老屋的前面原来是一小块空地，每家每户都有，那时，大家并不打围墙，茶余饭后总喜欢聚在一起，因而东家长、西家短都很清楚。现在这块小空地已然长满了野草，秋天了，野草也都有了衰老的气息。那根系牛的桩仍在，在野草丛中隐隐约约地兀立着，簇拥而兀立，空荡荡的。回首望去，老屋除了脊梁有些弯曲之外，整个墙也都有些歪斜了，隔壁狗伢家的老屋也有些歪斜了。

实际上，老家整个屋场的屋都有些歪斜了，许多地方也都有了窟窿，夕阳时分，远远望去，窟窿之处没有光亮，而是黑黑一团，屋的前面大多长满了野草，空空荡荡。

大地苍茫

一切都由大地承载，由大地承接，由大地引伸、引展开去。

大地上有数不完的脚印，有吹不尽的尘土，有流不尽的小溪大河。尘土之中有血、有泪、有欢歌笑语、有石破天惊。小溪大河中有生死歌哭，泥沙俱下。这一切的一切又总是很快消散、消解，天高云淡一般，风卷残云一般，留下来的只是大地上的坑坑洼洼，只有飞起又落下的尘土，覆盖一切，也被一切覆盖。

谁在磨洗“折戟沉戈”？锈迹斑斑的“折戟沉戈”，是一种向历史的抵达还是对历史的敲打？但任何的抵达以及任何对历史的敲打均发不出声响。因为没有人知道历史在哪儿。历史与现实是两条平行线还是两条交叉的曲线？树影婆娑、电闪雷鸣、瓜果飘香，这些与历史一样一直在大地上进行着、演绎着，但这些都不是历史，因而它们的演进，即便参与了历史，其任何的抵达与敲打仍然没有对象。没有对象的敲打，它的每一下，如果硬要寻找，最后找到的就只能是自己了。就像那些树影，自己对自己摇晃，自己向自己抵达，自己硬邦邦地敲打自己。

大地也是如此。苍茫的大地从不发声，仿佛一切都是自然，而没有非自然。

那些草一岁一枯荣，那些树苍老而青翠，直插天空，摇头点头即使是匍匐着甚至贴近地面都显得那样的从容、惬意，那样智慧而未见其停顿与思索，更未见其修饰与裱褙。那些庄稼，南方的、北方的，地上的、地下的，绿油油地长着，绿油油地鸟语花香着。我不知道到底是一年一茬的庄稼在守望泥土，还是泥土在守望庄稼。它们互相取暖，拥抱着、谛听着、体悟着彼此的心语。这谛听与体悟也是不经意的，不经意间，彼此相互淡定、相互遗忘，就像天空中突然飞过的大雁、乌鸦，甚至麻雀，天空没有它们的任何痕迹，但它们仍然自由飞翔。我常常想，即便是鲲鹏展翅，也是如此。但它会在大地上留下影子，仍然要依偎于苍茫的大地之上。大地是一切栖息之所，是一切愤怒与悲悯之所，是一切生长与伸展之所。那些不断枯萎下去的草，也在大地的怀抱里躺着。但它不是安然睡去，而是已经主动走远了，远远地等待，悄无声息。

我常常看见，那些小狗小猫时不时在地上打滚、撒欢，甚至汪汪叫着、咪咪叫着，不管不顾的样子。它们会溅起灰尘，但灰尘很快就会落下来，仿佛什么也不曾发生。的确如此，苍茫大地什么也不曾发生。

我们常常就在地上、草坪上四仰八叉地躺着，面对同样苍茫的天空，面对遥不可及的星辰，偶尔思绪万千。但当自己转身爬起来的时候，发现手上不经意间多了一样东西：不是抓了一把小草，就是抓起了一把黄土，周身上下也有，那永远也拍打不尽、洗不完毕的尘土，那永远与人类为邻，永远也无法、也不肯撒手而去的尘土。

不可抵达的星辰之上有尘土吗？反正这苍茫大地之上没有它们的影子，什么也没有，投给我们的甚至是虚拟的光。把影子投向大地的只有那些起伏的群山，只有山上的苍松翠柏，只有从苍松翠柏间跑过的野兔豺狼，以及慢慢飘落的苍松翠柏剔下的叶片、从叶片间慢慢滴下的雨雪霜露，只有一个一个错落有致的村庄。远远望去，这些村庄像一句一句的叮咛，祖先对我们这些正在居住着的、行走着的后人的一种嘱托，甚至是祝福、祝愿。

每个村庄实际都是一次人类在大地上的短暂停顿、歇息或者说停留。像是赶路、干活累了，想喝一口水，像是碰到了熟人，想站一会儿，聊一聊。

每个村庄至少有三条道路：进村一条、出村一条、到田间地头劳作一条。当然也有比这多了许多的，但它们可以合并同类项。每一条道路都凹凸不平，有沟壑，有野草，有桥梁，它们几经塌毁，几度重修，但它们始终畅通着。每一座桥梁都因水而建，因沟壑而建。它们有石头垒起的、有圆木做成的，现在更有许多水泥钢筋做成的现代化的桥梁。无论是哪一种，都悄然让充满激情与野性之水从它的底部释解开去，那些独轮车的背影，那些洗衣做饭的欢笑，没有哪一个不是灵动与浪漫。我每次走到桥边甚至会想起中学时代数学课里的方程式，桥俨然一个等号，村民们从等号上走过。一个等号就是一个村民一生的结论，甚至就是一座村庄的结论。

那些野草就在桥边、路旁茂盛地生长着，但它们永远不会长到路的中央去，它们总是适可而止。村民们从牙牙学语到最终老去，始终行走其上。那些沟壑之中始终有水，涓涓细细的，汩汩流淌着，经年不息，像泪，也像汗。小溪中总有青苔，这大地之上到处可见的青苔左右摇晃着，有时也有田螺，月光下与几尾小鱼秧一起发出恬静的光。映衬着我们，映衬着不远处的村庄。

我曾不只一次地寻找过这些小溪的源头，最终均不了了之。它们从这个田沟流向那个田沟，从这口池塘流向那口池塘，阡陌纵横，让你不得要义。这正如它最终不知流向了哪里。流向了东海吗？我不信。“黄河之水天上来，奔流到海不复回。”李白应该也是无奈地叩问与慨叹。

但无论怎么样的无奈，一切都是正确的。李白如此，小溪也是如此。不须问，不须找寻。沧海桑田，王朝兴衰，大地一直苍茫地坚守着，苍茫地直视着生死沉浮，也一直悄然掩映、掩盖着这些生死沉浮。

没有人知道在这苍茫的让人类始终栖息的大地之上，到底掩盖、掩藏了多少生死沉浮！这也是一种厮守吗？对历史的厮守，对人类的厮守。即便是掘堤黄河也掘不开历史。历史一旦沉于大地，似乎就与大地合二为一，那么完整而完美无缺，那么严丝合缝地达到了“合金”状态。我们努力掀开的，甚至是掘开的，有时漆黑、有时斑斓、有时清香四溢、有时不忍直视的，如果认真面对并认真思考一下，那是不是我们自己的镜像呢？

镜像也包括另一个村庄。它一直依附着，走不远，也不可能走远，就在不远处的山冈之上，树木的掩映之中，野鸡野兔出没的地方。每一个村庄的人最终都走向了这里，在这里找到自己最终的位置。“入土为安”！在这里，每一个人都是安静的，没有沸腾、没有吟唱，安静地把一切交还给这苍茫的大地。生与死就是这样的直视着、并列着、平行着。但其实它又无法并列与平行，只能是相衔接着，直通直达。秦皇汉武、唐宗宋祖从天空中匆忙划过之后，同样匆忙地被这苍茫大地揽入怀中。一切撕裂、一切凶悍均成为大地的记忆，这隆起来的记忆，很快就与野花、野草融为一体，并慢慢被野花、野草浸润、抚平，甚至不再有隆起来的部分，与万物同在同游，与大地一起幽暗着、光亮着，稀疏地照彻茫茫星空。

没有哪一块土地不让人类腰酸背痛，也没有哪一块土地不让人类生机勃勃！即便是黄沙飞舞，即便是雾霾笼罩，一茬一茬的庄稼、一片一片的紫云英、一颗一颗的各种各样的种子也仍然能扎下它们自己的根，长出它们自己的叶。那叶脉、那纹路均按着既定的方向行进着、起伏着、碧绿着，并枯萎着。

沉重得不能再沉重的土地！令我们肩挑背扛，令我们彻夜左支右绌。但我们扔不下它，它也扔不下我们，我们总能席地而息。苍茫的大地为每一个人都提供了一处栖息之所，甚至像动物们一样，划出了一个属于每个人自己的领地。“狡兔三窟”！但实际上只要一“窟”就够了，一“窟”便成永远的故乡。整个大地就是整个人类的故乡。不管你走向哪里，不管你离开时间的长短，最后都要与故乡连接起来，成为一个封闭的圆圈。这是一种补偿，正是这种补偿，让我们鲜活起来、灵动起来，让我们的梦得以铺展开去。

铺展开去的梦有挣扎，也有澄明。苍茫的大地之上每一条河流都是曲折的，每一座山都是起伏的，那起伏之处，有皑皑白雪，终年不化。

细碎

乡村是细碎的。细碎得像眼前田野里一丛一丛的野菊花，屠家田、陈家湾、洪家咀、火烧老屋……是不是上苍随心所欲的一个又一个布局？狗尾巴草、山毛榉，甚至蒲公英，只要你随便吹一下就能将它吹上天，吹送好几里远，那么不占空间也不占时间地随风摇曳。举目望去，整个乡野都极富穿透力，给人一种慵懒而恬淡的感觉。

田沟里的水也是细碎地流。没有了春日里的激动、夏日里的奔涌。类似于无意识在水沟里的一个表达，有些许青苔在水沟里晃荡，在一个一个似原地不动又似款步前行的小螺蛳的上面，像一个又一个隐隐约约的存在。有应该是刚刚诞生的小鱼苗在其中映照。即便显示出欢快，我也仍能从中品味出它们是漠然的，是漠然的欢快，没有目的。漠然其实也是从容、泰然的一部分。我们这些都市人能真正像这些小鱼苗一样从容、泰然吗？我的答案是否定的。也许没有目的就是太初最本真的东西。它真实而又坦然地面对这个标签一样充满着目的的繁华而又闹腾的世界。

我此刻也是一个本真的存在，剥去了几十年的浮漂，露出几十年前的光溜溜而又灰不溜秋的自己。像这条田埂上我正在走着的小径，虽被小草们半遮半掩着，但仍灰白，仍一览无余。小草们已有些枯黄，自然地卧躺在小径旁边，向着小径的颜色安静地靠近。这样的靠近是一种美，美到不争不抢，美到节制而自然脱落。我突然想起唐代诗人张乔在《题郑侍御蓝田别业》中的两句诗："小径通商岭，高窗见杜陵。"想来张乔所见小径也如我所在的小径一览无余。但这里的小径自然不能通"商岭"，它只能直奔村庄，直奔我们的童年，"银烛秋光冷画屏，轻罗小扇扑流萤"。那轻轻扑打流萤的小扇也是那样的细碎，与流萤一样的细碎，细碎得让杜牧难忘。

从杜牧的角度看，时间的确在这里有了漶漫的感觉，这条小径似乎原封不动地环绕着这个村庄，即使是它上面的那条小水沟，似乎也是几十年前，我离开时就存在着的模样。这些流萤也一直在我们之间隐隐约约飞来飞去地萦绕，扑打流萤的小姑娘小伙子似乎仍然在说笑着、打骂着，挥之不去。

布罗茨基说，历史的残片，你见得越多，就越难进入历史。这些流萤，这条小径，这些细碎的无论什么时候也未曾改变过的狗尾巴草、山毛榉、蒲公英无疑都是乡村的碎片。此刻，它充满着诱惑。是诱惑我们将其修复为一个整体然后进入？但我既无法进行，也觉得无此必要。这些碎片应该就是大自然给我们这些乡村的一种秩序。春荣冬枯，四季更迭，一切都在约束中前行，又在约束中释放，比如这些小径上的野花野草长了一会儿，就会止步不前，它很得体地不是枯而是自己让自己脱落下去，它似乎知道不能遮盖得过于夸张而密实，得允许人们在夜间看清且顺利地通过这条世代经久不息的通道。

静止地前行。我想起了这样一个判断句。在这里的每一个生命个体都是如此。上帝给了他一个空间、一个能适度伸展手脚的空间，他就会也只能在这个空间里出没，可以打哈欠、可以荷锄、可以奔走不息。适度就是一切。甚至也不是适度，而是遵守。甚至也不是遵守，而是一种细碎的不紧不慢的，向上同时又向下的从容的呈现。

我喜欢这种从容的呈现。没有“乱云飞渡”的英雄气概，而是像远处村庄里一间又一间安详的房屋，房屋墙壁上的窗户，房屋上方一块一块的亮瓦。那些窗户永远50厘米见方。那些亮瓦永远在灰色的屋顶端或呈“品”字形，或等号一般，甚或呈“｜”形。

小时候就是从这个50厘米见方的窗户上看外面的世界，从“品”字形、等号形、甚或“｜”形的亮瓦上观看天空与天空中的雨水流淌的声音与模样。现在我才知道，那些50厘米见方的窗户上看到的世界也是那样的精彩、那样的百看不厌，让我们的童年既细碎又端正又简单。我记忆中的童年是从村旁小水沟里抓泥鳅开始，然后就是用蜘蛛网捕获知了，到了夜间就会三五成群地扑打流萤，再长大一点的童年就是筢柴、拾粪、割猪草了。我的确无法知道那些“品”字形、等号形甚或“｜”形的亮瓦到底包含了多厚的意味深长的乡村历史文化积淀。从那些亮瓦上到底流走了多少雨水和雪水？它是向着谁划上等号？又是向着谁呈现它的“品”形？那么简单而合理。我知道，它肯定没有刘禹锡《游玄都观》时“尽是刘郎走后栽”的愤懑，也没有刘禹锡《再游玄都观》时的那种“种桃道士归何处，前度刘郎今又来”的兔葵燕麦式的慨叹扼腕。

在我的家乡，甚至就是在许多人的家乡，田畈里的世界永远一览无余，充满光泽，那一丛一丛的野菊花，那跨不过、必须绕过去的金缨子的藤蔓，一切似乎都记录在稻穗里、流萤一闪一闪的微光中、野花野草们的叶片的脉络上。它们全部自我分离、自己照顾自己，却又全部相连、相通。而在远处的村庄，屋内却截然不同，它虽然有50厘米见方的窗户，有“品”字形、等号形甚或“｜”形的亮瓦与外面只隔薄薄的一层，但它仍是那么的昏暗，昏暗地呈现温暖。这样的昏暗而温暖的环境只适合那句“两亩地，一头牛，老婆孩子热炕头”的俚语，而不适合眺望与遐想，似乎有一种让人断了三心二意的念头的坚守。类似于那些农人们的根。在阳光之外，暗暗生长的根，总是暗暗地抓住其周边的泥土，不张望，不逞强。但它们却在不断地深入泥土的内部，即便有坚硬的岩石阻隔也不改初衷，也仍然支撑起整个田野与山冈。

我一直不满意工具书里对儒家精髓“格物致知”的解释，我自己虽从青年找到中年，也仍没找到一个让自己满意的阐释。天空现在下起了小雨。那么细碎的雨也仍能将我的头发和衣服浸染得有些潮湿。甚至不是浸染的，而是濡染。我想这是不是天空在“格物”？格物然后致知，让我们细细地品尝。

其实，整个乡村都在细细地读。既在读我们，也为我们所读。像村头那座油坊里正在拉着碾子的那头牛。它一直被蒙着眼睛，身子围绕着磨不停地转动，一步一步，喘着很粗的气。这头牛是不是也在“格物”？旁边的师傅不停地用手整理着碾槽里的油菜籽或芝麻。很香很诱人的菜油、芝麻油就是从这一小块散发着牛粪味的地方榨出来的。这个师傅是不是也在“格物”？

但这飘散的牛粪味在“格物”，它环绕村庄已有千年时光。

病中

当我从病床上醒来的时候，已然是下午 3 点。这个时间让我十分惊讶，甚至难以接受。用眼下流行的说法，时间到哪儿去了？因为我被推进手术室是上午 10 点。医生告诉我，我的手术是个小手术——微创，时间会很短。

短是个什么概念，它需要多长时间？此刻，让我有些摸不着头脑。但，我可以肯定，应该不是平常人们所说的人生苦短中的那个“短”，因为人生正常情况应该是几十年吧！从这方面讲，“短”似乎就有些“长”了。但，不管是长还是短，时间，准确地说是“我的时间”已被我的医生“切除”了。

但我还是不解。被“切除”了的到底是时间还是我？大家发现从昏迷中走过来的我一脸的狐疑，很是不解。问我怀疑什么，我说没什么。只有我自己知道我想说的是什么，但我感到还是不说为好。

其实，这时我已经猜到了：一，这不是一个小手术。二，我从这个世界短暂地消失了，因为麻醉，我的时间发生了断裂，像蒸发掉了一样，像一篇不怎么样的文章，有些与下文衔接不起来的感觉。我知道，在人生的旅途中，我不仅被切除了一块肉瘤，与它同时切除的还有一些时间。这些时间对于我来说，大概也与那块肉瘤一样的难看。但我又想，人生如果真能将那些难看的部分、生了病的部分切除，那真是一件妙不可言的美事。从这方面来推断，我怀疑我的那块肉瘤是否真的被切除了，它会不会再次长出？

但我坚信，我的那个所谓断裂或蒸发了的时间仍然在我体内，存在于我的整个人生中，永远无法被切除。人生有许多东西是无法被切除的。如果硬要切除，那将彻底改变性质。

现在我才知道健康的人与生病的人的本质区别。健康的人可以神游八极，挥斥方遒，可以“一览众山小”，可以“但去莫复问，白云无尽时”。但对一个病人，那些东西，所有的东西什么都不是了。病床可以让他放弃了健康时产生的一切耐人寻味的遐想与美丽动人的思考——那些健康时耐人寻味的遐想与美丽动人的思考像那被塑封了的照片，虽然有看得见的笑脸，但摸上去冰冷，似乎离现实世界相去十万八千里——当然这也可以反过来说：一切思考与遐想都是健康的、美丽的。

病人的脑子里是被抽空了的，被病魔抽空了。抽去了正常的思维，只丢放了一个躯壳在那里，甚至可以说是一个带着呼吸的躯壳也不过分，且这个躯壳不是想填什么就能填什么。他只有被动地等待，对一切平常感到害怕的事包括死亡均非常坦然。人并非如哲学家叔本华所说“人与生俱来最大的恐惧是绝对价值的丧失，人类注定要寻找活着的意义和价值”。叔本华之所谓“恐惧”应该是指面对死亡的“恐惧”。但我认为，人在病中是既没有价值感，也没有恐惧感的，更没有要去寻找活着的意义与价值的思想。看着头顶上的液体一点一滴地流入自已的身体，没有任何联想，也没办法产生出什么联想。记不得是谁在一篇散文里描写这些一点一滴的液体的声音时，说它像美妙的音乐，我当时还信以为真。

现在看来，太不真切，太离谱了。病人面对这些液体的感觉已经麻木，类似于一个不存在的物体。

以色列诗人耶胡达·阿米亥曾在他的诗作《疼痛的精确性和欢乐的模糊性》中写道："人们是怎样精确地在医院里向大夫描述他们的疼痛。/ 即便那些还没有学会读写的人也懂得精确：/ 这种是一跳一跳的痛，这种是 / 扭伤的痛，这种是咬痛，这种是灼痛还有……"

阿米亥是不是既能精确地认识疼痛又能精确地认识欢乐？从阿米亥的角度来思考，这一点一滴的液体应该就是一点一滴的疼痛，它精确地抵达到了我身体疼痛着的每一个部分。其实我很清楚，这一点一滴的疼痛并非来自于我的指认，而是医生，医生让它穿越我的身体的某些部位，然后到达另一些部位。

我那时并没有疼痛的感觉。有的只是木讷。也不是木讷，而是莫名其妙。我的莫名其妙来自于那一点一滴的液体。生命脆弱到由一滴液体控制，就是我那时的想法。而更为可怕的是我躺在病床上的这些想法居然到现在也无人能辩驳。

我当然更没有模糊的欢乐。而疼痛，感到疼痛或者说承认并承担疼痛的应该是我的家人，我就是他们的痛。我后来在一首诗里写道"人生切除一些多么重要 / 麻醉一会儿多么重要"。我还写道"生命多么坚强！/ 那么细的一根塑管 / 类似于一根稻草 / 那么透明 / 一点一点的白色液体 / 轻轻一点 / 就将我从黑暗的井底牵回水面"。生命的确是既脆弱又坚强。坚强到一根塑管也能引领我们前行。这个塑管无疑就是人生那弯弯曲曲的羊肠小路，明亮而含糊，尽管上面有小坑小石块，但它是可以让我们辨认。

即便是现在，我仍然不清楚阿米亥为什么能那么坚决地指认"痛"。而我不能。比如心灵深处的疼痛，谁能说出它痛在何方、何处？它因而是模糊的，像阿米亥之所谓欢乐一样，甚至是没有边界的。

最近读到一本书，美国学者凯博文所著《苦痛和疾病的社会根源》。

它为我们打开了一个不同寻常的窗口。让我知道，思维模式可以向肉体转化，即思维的疾病可以转化为肉体的痛苦，通过肉体的疼痛来释放，让肉体来承担。他在书中写道："个体经历了严重的个人和社会问题，却通过身体这一媒介来解释、表达、体验和应对这些问题。个体的损失、所遭受的不公正、经历的失败、冲突被转化成关于疼痛和身体障碍的话语……身体调节着个体的感受、体验以及对社会生活中问题的解释。"

凯博文的观点，的确让我耳目一新。按此推算，我的那次手术包括因手术带来的疼痛应该来自于我的妻子。

应该是 2013 年的国庆节前夕，我妻子从家中两米多高的阳台上的楼梯口不慎摔了下来。检查，桡骨鹰嘴成粉碎性骨折，必须做手术。且由于摔得太重，必须植入人造桡骨鹰嘴。

我刚出差回家，又是国庆节，本来打算好好休息一下，感受一下平日里无法感受的轻松。没想到一下子出这么大的事，只好迅速回到省城。

而随着妻子的入院，我不久也随之住进了医院。我住院不是去照顾妻子，而是我自己身体出了故障，被检查出膀胱瘤。经网上咨询，泌尿系统的肿瘤大部分是恶性的。这个结论把几乎不懂医学知识的我及全家吓一大跳。那不是一张死亡通知书吗？！我突然感到我被剥夺了生命或生存的权利。

我现在虽然知道妻子的摔下来与她终日劳累有关，符合凯博文的转化，我的疾病也是凯博文之所谓转化，但我无法从凯博文的书中找到我肉体与思维互相被转化得那么快的原因。是我思维的易感还是我身体的脆弱？有人说诗人的思维是易感的，同时也是脆弱的。如果这个假设成立，那理解起凯博文的观点来就容易得多。因为我是一个写诗的人。但诗人的转化不至于风云一般无常吧？

凯博文继续写道："精神疾病首先产生了躯体性不适。"比如失眠、疲劳、焦虑等，这种躯体性不适在我看来实际上是躯体对精神提出的一种“批判”，通过不适表达出来。

我不解的是，这种批判实在是有点太夸张、太过随意了。有点像围棋选手在围棋比赛时下了一个大随手。

我在住院期间，时不时看见我妻子暗暗以泪洗面。奇怪的是，她并没有产生新的不适。这是不是她的泪水起了作用？她用泪水对她的身体进行了“批判”？这种通过泪水来对身体进行“批判”的方式是不是一种对“批判”的稀释？

人类经常用这种方式驱赶病痛。这种稀释实际上类似于切除。布诺茨基在他的散文《战利品》中说道，太初有肉。是不是太初也有瘤？我想瘤就是肉。果真这样，那我就要把我的那句诗改为：人生切除一些多么重要，稀释一下多么重要！

夏日的塘坝

许多东西都是因为回忆而美好。

人之所以为人，一个重要的标志就是能够去回忆，去追寻。这回忆与追寻虽有多种方式，或亲身经历，或极目远眺，或心驰神往……但其结果却只有一种，那就是那个值得去苦苦追寻的东西越来越远，几近消失，却越来越忘不了，一遍遍回味，她却在那“灯火阑珊处”一遍遍地散发出微弱但非常坚决的光。我们并不一定想去修正什么，不一定能修正什么、弥补什么，只是无法释怀。这是否就是人们常常提到的那个叫作根的东西在作祟？

回忆也是寻根吗？

坐在这昔日的塘坝上，抚摸着这不知抚摸过多少次的土地，我免不了因这种熟悉的陌生化而默默无语。

这是否就是我们的根？

之所以感到陌生，是因为我现在坐着的塘坝的确已非昔日的塘坝了，虽然它仍然发热甚至发烫。塘已是一泓浅水，由于疏于管理，现在这里就更是浅得只见水草，不见水了——因为草多水少，一种反向的让人心慌意乱的茂盛占据着这个应该是水的一方天地——坝也已被荆棘铺天盖地地强占。我不知道是不是岁月这副担子压在这坝上的结果？它实际上比我记忆中的样子矮了许多，像被搬走了半截。那被搬走的部分到哪儿去了？无法找到，似乎也没有踪迹。那时候塘坝就是我们这个丘陵地带的村庄最高的所在，放眼望去，那湖那村庄那田野里的一切尽收眼底。站在这里，无形中就有一种高了几分的感觉。两旁的杨树虽然越来越茂密，却越来越没有那份荫凉。由于长期无人迹，杨树下面许多一直以来未伸展开手脚的灌木以及杂草便肆无忌惮地张开了它们的双臂。人几乎无法走过去，就更不谈去那里纳凉了。

“进门是少女，出门已是妇人。”我突然就想起了《哈姆雷特》里的这句台词。

这说的就是沧海桑田吗?

不记得曾经是在哪本书上看见过这样一句话：地球上如果没有人类，只需 50 年，无论什么植被都能恢复。这话我真的很相信。眼前的一切你能不信吗?

“纳凉”这个词好像很久没用过。现在的年轻人应该难以形象地理解它的深刻内涵。更难以理解唐代诗人杜牧的《秋夕》中“银烛秋光冷画屏，轻罗小扇扑流萤”的诗句。那种感受只有我们这代人才有。当然这种“有”，也只现在才“有”了，才感知到。那时候的我是无法理解杜牧的。确切地说只知杜牧其人，而不知其有此诗句。

“离开才能看见，并看清自己的影子。”诗人沈天鸿对诗的论述也适合我此时对夏日塘坝的感受。的确，过去伴我成长的那么多时光，从来就没有也没能回过头来看一下，那时看到的只是前方田野里的麦穗、稻谷或者冒着炊烟的村庄等诸如此类与填肚子相关的东西。当然，我现在是否看清了也仍然未知。若干年后，再来看时，我看到的以及我想到的可能又是一番景象，这应该是一个不断地“看清自己的影子”的过程吧！

是没有静下来的时间吗？应该不是。实际上，塘坝就是那时候一个让我们在夏天静下来的地方，当然这种静，是一种与劳作相对的叫作歇息的“静”，并非那种让大师们以静观物的静。白天歇息时，我们就在那里坐，在它上面，在那树荫婆娑处纳凉、谈天说地、谈古论今。最让我们心驰神往的是那树荫下、微风处小半导体里传出的刘兰芳的评书《岳飞传》与《杨家将》。那种准时的虔诚绝不亚于现在的年轻人收看奥运会或者世界杯，我二叔的儿子有次入迷到把对秦桧的气发泄到了耕作的牛身上，听完评书后的他狠狠地抽了正在喘着气的牛一鞭子，结果受了莫名其妙的鞭抽的牛也就莫名其妙猛跑起来，把我那憨厚的堂兄重重地摔在了泥田里。然而，奇怪的是我那堂兄仍然没忘记把这笔账算在秦桧头上。

现在想来，物质匮乏的年代，实际上精神不一定匮乏，只是单色调一些、平面化一些而已，正是这种单色调与平面化让它成了那时夏日塘坝上吹来的风，虽只一丝丝，却是那么的惬意，让人忍不住要叫出声来。

夜晚，我们就在它上面睡觉。实际上，我们这些孩子从傍晚时分就开始了睡觉的准备。我们纷纷从家中将竹床背到塘坝上。我常常惊讶，为什么我们这些孩子会自觉地遵守昨天各家所占据的位次，而不去争抢那个没有规定属于某家的比较宽阔而略微凉爽一些的地带？要知道那个昨天放竹床的地方只是一个记忆，连痕迹可能都没有。已然发生的事件居然对孩子也有约束力！这可能就是孟子的性善论千年不朽的原因吧。

一一放置的竹床一家紧挨着一家，男女老少在一个塘坝上，一字长蛇阵般排列着，像个不知名的原始部落，毫无现代人的不适、羞涩与戒备。奶奶们总是在这时摇着芭蕉扇与小孙子说着永远一样的数星星的故事。随着芭蕉扇的节奏，奶奶与孙子也就同时慢慢睡熟了。也只有在这时，大人们才能真正短暂地不再流汗地躺下身来，面对广袤的夜空突然忘记自己，静静地彼此说着北斗七星中的诸葛亮，说着银河中的牛郎织女，谈论着岳飞为什么那么“孬”。

这实际上是一个奇迹：人只要有稍微的宁静就会思想，面对这个世界去感叹，虽然这种感叹朴素，但却真实。而我们，一群不大不小的孩子，便不顾这些了，也不知这些，三五成群地一手拿着墨水瓶，一手拿着芭蕉扇到田埂上去追捕萤火虫。你追来，我追去，萤火虫似乎故意戏弄着我们这些顽劣的家伙，总在我们身旁飞来飞去，这也给了我们捉住它们的机会，不一会儿的工夫，墨水瓶就满了。一闪一闪的萤火虫在墨水瓶中也仍然一闪一闪，没有任何因飞不出去而发出的叫声。它似乎认可了我们，愿意听我们毫无缘由的哭声与笑声。

我们虽然不知晋代车胤囊萤照书的故事，但这些萤火虫却照亮了我们童年的那些夏日，也照亮了童年时代的塘坝。实际上，我们不就是那时的三五只流萤吗！只是我们照亮的仅仅是现在的一个回忆。

记得最真切的还是父亲用萤火虫来测算稻谷的丰收情景。父亲将萤火虫踩在脚下用力向后一踏，说那萤光的部分越长，稻穗就越长。父亲显然不知那是因为萤火虫尾部的荧光素与空气中的氧发生化学反应，形成氧化荧光素产生的结果。但这种朴素的丰收愿望永远像“萤火”，虽然微弱，但让我永远忘不了。

美国评论家苏珊·桑塔格在她的《反对阐释》中认为对释义的热情不是对原著的尊重，而是出自公开的侵犯，是公开的对于现象的蔑视。我不知道我是否蔑视了故乡夏日的塘坝这个“原著”以及父亲对丰收的测算方法。实际上，在这里，对于夏日的塘坝这个“原著”我并非在阐释，虽然我是公开的、充满着热情，但我是在寻找，更多的是留恋，一种因此情此景不是那个“此情此景”的感叹。

一串脚步声很快打断了我的这个感叹。好像是我堂兄的。但等我本能地回过头来时，却没有人。

应该是幻觉。几片过早地落下的叶片让我产生的幻觉。

我堂兄不在已有两个年头了。他去了哪里？就像这塘坝及塘坝上所发生的一切永远也没了踪迹吗？

我不得不站起来。不知不觉间，太阳已近正午，塘坝的温度比刚才高了许多，我的衬衫快被汗湿了。本来人就不多的村庄此时似乎只有我一个人站在这里。他们都从远处田野回到了家中。这无疑是一大进步，生活幸福的进步，不再凭那种原始的汗水来生活的进步。但这种进步总让人感到有某种不适，有些许的缺失。

缺了些什么呢？热得发烫的塘坝无法回答。

几只知了在杨树上此起彼伏地叫唤着。我想它们更无法回答。

父亲

一地的碧绿与金黄。

长不过三米，宽不过丈许，高不过三尺。就是这么一个小土丘，父亲仍然如生前一样没让它荒废半寸，一棵一棵的小草像父亲生前的一个一个愿望勃勃地生长着，土丘的周围除了庄稼就是野草。庄稼就是这个季节江南一带特有的油菜或者小麦，而油菜这时已经开花，满旷野都是金黄色。草也是江南普遍特有的那种狗尾草、芨芨草以及叫不上名却年年准时醒来的其他杂草。

可这并不能代表父亲，更不能代替父亲说话。父亲早在二十年前就不说话了。但我有时的确能听到他在说话，即便是在繁华的都市，即便是在夜深人静之时，即便是阴阳相隔，我都能听到。类似于这些草，类似于通过这些草，通过这些嫩嫩的绿准确而又准时地进行传递。

是像当年一样准时叫我醒来还是准时叫我睡下?

这可能就是我这个年龄的人特有的一种现象：我能不能把它叫作饥饿？因年轮的递加而产生的感情饥饿。

感情饥饿与肉体饥饿有什么不同?

其实，无论是哪一种，都是因了某种缺失而产生的某种需要，甚至是强烈的补充式的需要。因时代的原因，那个年代的每一个父亲都只知道把肉体饥饿“责无旁贷”地承受着，作为感情的饥饿，他们只是无声无息地传递，特别是对子女的感情。父亲也是如此，他把肉体饥饿全部通过物质方式投送给了我们这些子女，把后者即感情饥饿义无反顾地留了下来。这就是我现在感到饥饿的原因吗?

我感到吃惊。我吃惊地发现我饥饿的感觉不顾一切地越来越强烈，比二十年前更加强烈。这不得不让我想起北岛的诗句“你召唤我成为儿子/我追随你成为父亲”。父亲的身影及其生前一切活动不是离我越来越远，而是“追随”着我越来越近，越来越清晰。似乎在反向而行，迎面走来。

但迎面而来的父亲仍然不过是一小块一小块的碎片，虽努力拼凑却怎么也拼凑不起来。像一个饿到极致的人，面对一桌佳肴，反倒无能为力、无从下嘴。我懂得这个道理，因而我此刻无法强迫自己继续下去。我只是静静地坐在这里，坐在父亲的旁边，默默地注视着远方，并不是守候，也不是等候，而是让它慢慢融化、融入。

这静静坐着，等待融化、融入的姿态，是在代替父亲凝视吗?我自己也不知道。

父亲的这个方寸之地是生前他自己的选择。他虽然只读了半年私塾，但好学的他其实也是饥饿的他却成了远近闻名的半个先生，甚至比乡村的某些先生还要先生一些。因为他饥饿，所以他不断寻找可食之物来生存。这种为了生存的寻找让他不仅打得一手好算盘，还让他上至星空二十八宿，下至山前屋后地理均略知一二。特别是一手好算盘，虽然没有现在电视上展示的心算那么神秘，但记得小时候看他打算盘是一种享受。特别是他远远地就能准确地知道并指出打算盘的人错在哪里，这让我在同龄孩子中得到了一种高出一头的骄傲，并因此骄傲地出了些莫名的风头。似乎父亲的这种本领与我有关联，我的童年也因此有了一种光荣的感觉——现在的许多孩子可能不知算盘是什么东西，更不能想象它在20世纪的农村所承载的功能与作用。父亲虽然没正式当上生产队的会计，但却做着会计的事，因为那把算盘。

坐在这个土丘上，我感觉眼前很是茫然。看着被风撩拨得绿油油的油菜，我突然想到，父亲生前有过这油菜般生机勃勃的生活吗？答案是否定的。我记忆中，他连穿的每一件衣服都是土灰色的，上面的补丁也是土灰色。他说，这样好洗，也省了买洗衣粉的钱。他选择这个地方作为他的归宿，主要原因是不是想要好好享受这生前从未享受过的油菜的花香，感受一下荷尔德林那“诗意的栖居”？父亲当然不知道荷尔德林是谁，但他却会背陶渊明那“采菊东篱下，悠然见南山”的诗文。他那东一榔头西一棒子仅靠自己的记忆力记下的唐诗宋词毫无保留地传给了我，让我很早就知道了李白的诗句，也知道苏小妹三难新郎官之类的民间故事。父亲记下的这些碎片实际类似于身旁的茇茇草，只要晒干了就易燃，且燃后很快消散，剩下一小堆灰烬。引领他向前的仍然是他身边的油菜、水稻以及类似的一切。父亲曾偷偷告诉过母亲，他晚年最大的愿望就是想好好吃一顿用新榨的菜籽油炒一大盆米饭，旁边放一盆红烧肉，让他吃。他说那该有多香，吃得碗底能看见油也不会被噎着。肯定能吃一大盆的！他在母亲面前笑着反复强调。

前些日子在《文学报》上读到龙应台写的一篇题为《做父母的有效期》的文章。从龙应台这篇随笔的角度出发，我无疑过了做儿子的有效期了。

可我无法知道我在做儿子的有效期内做了些什么？可能什么也没做。我甚至将儿子的有效期颠覆成了父母的有效期。他们在有生之年，一直在履行做父亲母亲的职责。而我，作为子女却连一碗简单而又朴素的菜籽油炒饭都没能让父亲满足。

水往低处流，父亲总这样告诉我。但我看见眼泪也每每往低处流。顺着这父亲生前劳作过的一块一块的田埂一直往低处流淌。

会不会流入这眼前夏荣冬枯的泊湖？横跨两省的泊湖里面到底装下了我父亲及我的乡亲多少汗水和泪水？

泊湖从不说话，泊湖总是以它的本来面貌映衬着两岸的油菜花，泛着粼粼波光。

岁月静好

静静地流淌，静静地伫立，静静地错落有致。

汩汩之声、啾啾之声、唧唧之声、孩子的哭啼之声……

那些碧绿的叶片，一边谛听这些声音，一边慢慢变黄、变红，甚至有的在变脆，不是脆弱，而是脆软、酥脆，很通透，很澄明，没有一丝无奈与无助，而是自然地离开，既不增一分也不减一分地悄无声息地脱落，即便已然深黄，已然走到岁月的底部，也不是枯萎，也仍然散发出一股清香，在天地之间，在旷野之上，可醒目，可明心，可醉人。

那些树总是摇晃，然后停下来，再又摇晃，再又停下来，好像是否定，肯定，又否定之否定。但我认为肯定不是举棋不定。每一次都是一个完整的结论，每一个完整的结论都是恰到好处，显得那么沉稳，那么专注与坚定。那些鸟儿无论是栖落到哪一棵树的枝头或是哪一头牛的牛背上也都是恰到好处，它们蹦跳着、鸣叫着，甚至交谈着，声音总是像一种弹奏，一种对岁月、对旷野、对苍茫大地的弹奏，然后准确地送达村庄，或者田间地头，或者村人的耳旁心间，清脆，没有一点杂质与负累，永远也听不厌、听不烦，永远都能让村人准确地指认出哪一声是麻雀，哪一声是啄木鸟，哪一声是斑鸠，并且能据此推断，要不要回家烧饭，要不要带一把伞，或者别的什么事情。

那些果实就挂在树的枝头。低垂着，饱满着，同时又在叶片间有所展露，有所探望，羞而不怯似的，不抬头，不东张西望，更不会焦虑，不会有人类的那种匆忙、风驰电掣然后卷起尘土、驳杂的焦虑与不安。它们有的很甜，有的很酸，有的很脆，有的很醉人。无论是哪一种，对于人类都不是深奥的，不是泾渭分明的，而是相互涵盖与礼让，并相互支撑，酸中有甜，甜中有嫩，嫩中带香。它们大小不一，高低不同，方圆不等，粗细不均，但没有谁妨碍谁，谁挤兑谁，一切均恰如其分。它们一生执着地只做一件事，一生执着地只在一个位置上安静地成长、成熟，质朴、鲜活，像一种修行，一种历练。不担心功夫白废，即便白废了，那也是我们人类的想法，它们本不为"功"，因而总是功在"诗"之外。

它们无需所谓有嚼头，无需所谓劲道。一口一个脆，那么简约，那么光耀，那些果农将它们摘去，也就是摘去了。不是随波逐流，不是随遇而安，似乎始终是准备好了的，又始终是"只可自怡悦，不堪持赠君"（南朝·陶弘景《诏问山中何所有赋诗以答》）。许多人将它们相赠与，那应该与它们没有必然关联。它们是果子，但它们并不计较、不在意"正果"或不是"正果"，甚至它们天生就是"正果"。

那些池塘，有"小荷尖尖"，有"蜻蜓点水"，有"池上春风动白苹"（宋·陆蒙老《嘉禾八咏·金鱼池》）但从不汹涌，平静时多，波浪时少，澄明时多，浑浊时少，即便一时浑浊了，也很快沉淀下来，清明起来，即便"大风起兮云飞扬"，对于这些遍布在乡野村寨中的池塘来说，也只是惊起些许浪花，也只有几只鹭鸶在天空中盘桓，也只见得村里洗衣之人的头发被梳理几缕，旷野里扶犁之人的衣襟被揉搓几下。

池塘的背面总有淙淙小泉，昼夜不停，池塘的坝边总有小溪终年细碎地流，漫不经心地淌。此刻，没有了春日里的激动、夏日里的快意。这类似于无意识在水沟里的一个表达。有些许青苔在水沟里晃荡，在一个一个似原地不动又似款步前行的小螺蛳的上面，像一个又一个隐隐约约的存在。这样的景况，让我不得不想起英国作家毛姆的《月亮与六便士》。它们应该类似于《月亮与六便士》中所写到的只看见了月亮，而看不见脚边的六便士。

田野里总有一丛一丛的野菊花，有一堆又一堆的稻草或者其他收割后堆放在田野中的稼禾伫立着，那曾经结满谷粒的稻草，那曾经碧绿的总有些许露珠圆润其上的谷禾，像谁丢失的一个又一个物件，不紧不慢地接受太阳的照耀、星星的勾勒。它们勾勒出了大地，还是大地勾勒出了它们？但它们确乎像一种展示或者展览，敞开着，全部亮堂堂地让天地拥抱或者拥抱天地。实际上，这样的时刻，最上面的一层已经变黑了，但如果我们用手扒开最上面、最外面的一层，或者直接把手伸进去，它们的内心仍然与种子类似，黄灿灿地照人，黄灿灿地可人。

旁边总有一头黄牛或者小牛犊，在冬日的暖阳下终日反刍不停，既像是在揣摸，又像是在回味，更像一种参禅、修炼。是在揣摸远山近水，还是在回味“冠者五六人，童子六七人，浴乎沂，风乎舞雩，咏而归”？

我只是看见它们有时半卧，有时来回走动，有时甩动它那不长不短的尾巴凝视着、眺望着。

狗尾巴草、山毛榉、矮脚黄荆，甚至蒲公英，只要我们随便吹一下就能将它们吹上天，吹送好几里远，那么不占空间也不占时间地随风摇曳，随风飘去。这样的时候，如果我们举目望去，整个乡野都极富穿透力，给人一种慵懒、透明而恬淡的感觉，几乎找不到任何障碍，找不到任何的浮泛与任何的尘埃。

《道德经》说：“天地不仁，以万物为刍狗；圣人不仁，以百姓为刍狗”。但我一直坚定地认为，天地有仁，万物更有仁。天地将仁藏匿于万物。万物因而有仁。就在这个季节，就是这些乡村野寨，桃树、杏树、柳树，南瓜、西瓜、北瓜，桃仁、杏仁、瓜子仁……那么灵动、香脆、滋润，一一展示出来，一一洞开来。

仓颉造出了一个“仁”字，依“仁”造万物之“仁”还是依万物之“仁”而造“仁”？

我感到无论是哪一种，“仁”总是澄明而沉静，且澄明而沉静地成为物性与人性的通道，那些果实像是由物性与人性相互教化而出，那些叶片毫无疑问也是，相互滋润、滋长。

就在不远处，就在小牛犊的旁边，紫云英、苦菜花、车前草、小蒜……还有白菜等均已泛出片片的绿色，谦卑地从泥土中探出头来。那一颗又一颗的白菜一青二白，低矮地不紧不慢地长出来，那些农人总是在它们面前，谦卑地低下头、俯下身。这是否是必须的？它们因此露出白嫩的叶片一般的“仁”。这是教化，或者点化？春风风人，夏雨雨人。

万物实际从一出生就一直都在教化，以流淌的方式，以鸣叫的方式，以沉静的方式，以起伏摇曳的方式，以碧绿与金黄的方式……万物在教化中敞开。仁的敞开，仁的琴弦那么安静，那么朗月垂光，类似于大地母亲的轻轻叮咛。诗意的仁心，诗意地叮咛，诗意地教化。

“九层之台，作于累土，百仁之高，始于足下”。村庄中又有篱笆在围起。那个农人一下一下把泥土从地沟中向上铲，但他肯定不是如《道德经》所说在搭“九层之台”，他也不一定知道老聃，他只是将夏日里脱落的那些土块复原，复到去年的篱笆之上，那么执着。

这是不是一个导引？

导引现在呈现出倒影，在池塘里、小溪中那个倒影闪烁且灵动，村口的那些竹子也同样在池塘里、小溪中虚心地摇曳，村里的小狗在旷野里那么舒适地发出一两次断断续续的回声。

突然就想起了苏东坡《赠东林总长老》中四句偈语：“溪声便是广长舌，山色岂非清净身；夜来四万八千偈，他日如何举似人。”我不知道东坡先生是否见过“广长舌”？也不知他听到的溪声与我听到的溪声有没有什么不同，但他已将他的“四万八千偈”举似给了我们。

“他日如何举似人？”看来，他是在问我们，问我们用什么来奉告后人。

村口仍有一座老油坊，老油坊里正溢出满满的油香。正在拉着碾子的那头牛，它一直被蒙着眼睛，身子围绕着磨不停地转动，很香很诱人的菜籽油、芝麻油就是从这一小块散发着牛粪味的地方榨出来的。

万物以仁予人，并将植入人心。

我感到，这飘散的牛粪味环绕村庄已有千年时光。

时间：涂抹与剥离

时间：涂抹与剥离。这是我 2000 年 9 月的某个下午坐在窗前观看对面被拆除的那栋房屋时产生在我脑海里的一种启示。对于时间，我总有一种类似于从夹缝中慢慢进入的神秘的感觉。这冰冷之中夹带着炽热的感觉一直占领着我，统治着我。我不知道是谁赋予我的这个初速度。时间与我处在一条平行的轨道上，并与我相交，照耀我，剥离我，让我走动，向前或者向后，我自己不能界定，我被涂上了色彩，没人能通过色彩看真切。手电的光亮——这唯一的来自于时间的光源使黑暗更黑，使我自己更加悬浮。

对面那栋房屋的主人是谁？我无法了解，包括这栋房屋的建造年代、内部构造以及主人的好恶，一切都在这砉然倒塌之声中关闭。任何天才的想象都是人工的剥离，任何剥离都不可避免地带上剥离者那坚硬的指甲抑或工具划过的痕迹。

我无意于充当这一剥离者，我只是被那倒塌后的砖瓦扬起的灰尘呛住了。忍不住发出的咳嗽使我不得不将打开的窗户迅速关上。

如此具体的东西竟然如此抽象。透过窗玻璃，我只能依稀窥见到几个工人搬弄刚刚倒下撒了一地的砖块，工人离我其实只有几十米，但我无法看清他们的面容——太远了！光线的涂抹竟也是那样天衣无缝，让我只能看见轮廓，只能从轮廓中推断出他们是在重新为主人构造家园。

构造也是一种剥离，只不过构造在剥离的同时，将原来遮掩不住的裂缝涂上石灰和水泥。拆除房屋后的地面无边无际。一个男人、一个女人在秋风中等待着。远处的房屋与近处的房屋相互排斥、抵抗。茫然！我不得不将关上的电视机打开，但我想不起这个似乎曾经看过的电视节目。这是谁在表演谁？时间在这里竟被揉碎，然后找到它的开关或者电源，然后切进。但此刻我只能毫无感觉地观看这一切。

“一个男人，一个女人 / 是一个整体。/ 一个男人、一个女人和一只乌鸦也是一个整体”……这是美国诗人华莱士·斯蒂文斯的诗句。这样的诗句让我沉迷了很长一段时间。整体总是不断被拆除。一个男人，一个女人，加一座房屋就是这样一个不断被拆除的整体，拆除的过程便是涂抹与剥离的过程。现在房屋被拆除了，一个男人、一个女人站在时间的风中看着自己曾经堆用生活杂物的地方在一群工人的手中如何变成一堆瓦砾。我站在窗后，我在这群人中、在那些瓦砾中始终没有看见乌鸦，我似乎只看见了那群人包括一个男人、一个女人在夹缝中顶风行走的姿势，这时间之风让他们的步态与地面形成一个艰难的角度，向前的角度。他们的脸上除了被风剥离后剩下的碎片外，便只有忍耐了，我体验着他们的这种忍耐……时间既是形而下的，同时又是形而上的。形而下的时间与形而上的时间之间的悖离使一个男人、一个女人结合的整体不断走向反面，又不断回归。

实际上我们都没能获准进入。一个男人、一个女人也没有。时间，既不为我们涂抹，也不被我们剥离，我们一直在时间之外徘徊。我们的脚刚刚接触地面便被自己拔了起来。时间之内，空空洞洞，正如那堆瓦砾只剩下一些灰尘——来自其自身的灰尘，只剩下主人曾经使用过的几页纸片，被秋风卷向空中然后慢慢飘下的纸片。

我在我现在生活着的小镇上生活了近十年。十年来，我一直兢兢业业地工作、生活，与朋友善处，但我总有一种不认识这个小镇的感觉，我越是试图努力地认清、剖析、融入，越是觉得我与小镇之间的距离越来越大——这并非危言耸听，漂泊的感觉随着时间的遁退而日渐加重。回家！我永远也无法返回那个我曾经出发的地点。“一旦出发便不能回去”这是谁说的诗句？那串紫嘟嘟的桑葚果，那些抓不住的小泥鳅……我唯一亲近他们的方式便是涂抹和剥离——饮鸩止渴，我想起了这个词。一个男人、一个女人事实上也是在以重新打造的方式寻找回家的路，但“这里”的确并非“那里”，回家的这条路上除了密密麻麻的车辆声和染了金发的几个女人在门口转动外，似乎只有秋风了。秋风不停，秋风在卷走羊皮书与马孔多小镇的同时也卷走了自己。

一摊血迹，一摊来自时间之外的血迹，被雨水冲淡，在昨天我回家的路上让我停顿、震惊，雨水在剥离血的主人的什么？这突然的中断让我看不清楚，围观的人群也同样看不清，我只听见了声嘶力竭的哭声和叹息。这时间之外的东西徘徊着，与此刻站在秋风中的一个男人、一个女人相互摩擦，碰出一星火光。

虚蹈的空阔。谁都在以为拥有、挤占的同时，被狠狠踹了一脚。

碰撞

碰撞产生火花。这是真理。

或许因为是真理，因而碰撞也总是让本就毫不相关的两个物件受损。比如石头与石头相撞，那产生的火花本就是石头的一部分，许多人却把这火花比作爱情，很美丽、很动人。但同时，伴随它的还有短暂，大约美丽的东西都是短暂的。从这个方向出发，受损就是一种“痛并快乐着”的受损，并因此“受益”。只是火花散去后，我们很快就能发现并找到那因火花的产生而缺损的部分，亮晶晶而又有些不知所措的样子呈现在我们的面前，一副对自己感到十分惊奇的样子。产生火花的爱情是否缺损了？答案应该是肯定的。这个既受损又受益、已然成为火花的部分，我们却很难找到它的踪迹。或许是变成了灰烬。只是很少有人从灰烬这个角度问津，似乎存在与不存在均无关宏旨。

实际上，最不应该遗忘的恰恰就是这些燃烧过后剩下来的灰烬，因为它是成为火花后真正能成为真理的那部分东西——那被否定的东西。虽然没有哪一块石头能回过来眺望它、寻找它，并读懂它。但它无疑深藏着丰富的“微量元素”。正如黑格尔在其《精神现象学》中所述“精神在否定的东西那里停留”。

其实碰撞是一种偶然事件，偶然相遇并碰撞。我数学学得不怎么样，但这个概率应该比较小。任何小概率哪怕接近零点，但毕竟不是零，一旦落实到一个具体的人与事件上就顿时放大成百分之百，比如彩票中奖人，比如茫茫人海中，他乡遇故知。这当然就成了哲学中的平常概念：偶然中存在的必然。

一颗石头从山上滚下，与另一颗在山下的某个地方等待的石头碰上了，有时两颗石头会停在一起，赖着不走了；有时两颗石头碰撞后，会相互支持着继续向前；有时两颗石头相撞后，山上下来的石头独自向前，对另一颗被撞的石头不理不睬，山下的石头也就只能眼睁睁地望着，望眼欲穿也毫无办法。

碰撞也是一种理解。从石头碰撞的情况看，是一种“寻找”切除式的理解。切除一些或者说减去一些尖锐的妨碍彼此相拥、彼此感到疼痛、不能相融的部分，从而到达一个新起点，实现一个新境界，开启一段新的历程。

其实，每一枚石头都具有一个相对稳定的结构，它虽是因为大岩体遇外力挤压脱落而形成，但形成后就独自质地坚固或脆硬。这是它独自存在亦即“这一个”的根本原因。这个坚固或脆硬的稳定结构实际存在着缺陷，因挤压而硬生生地产生的缺陷。成为一个完全独立的经受历史风雨敲打的个体，也仍然不能改变它的这一缺陷——这个世界没有一个完全无缺陷，完全不需要补偿的事物、事件或人。有了缺陷就需要修补，就会去寻找补偿，因此只要有机会，这些存在的缺陷就会自动对号入座式地与之碰撞或被碰撞并产生出火花。不能产生火花时，就独自戚然与风雨碰撞，承担风雨的那种看不见火花的磨砺与剥蚀，虚晃一枪，独自风化，走完自己哪怕是千年的一生。

这正如每一个独立的人。心理学家有句名言：天才总是有缺陷的。根据我的上述观点，缺陷并非天才的专利，每一个个体的人也总是存在着缺陷，这个缺陷因独立而存在，且与生俱来，并终生伴随其成长。因为这个与生俱来的缺陷，人必须在与自然界相撞的同时还要与自己的同类即另一个人相撞，在这个与自然界及另一个人相撞的过程中找寻属于自己的且能补苴罅隙带领自己一路前行的火花。在文学界，最伟大的文学作品，因为它的那个不可补偿且必然存在的"缺陷"导致一代又一代的大师去解读它，试图完整它、完成它，并最终"相互搀扶"似的走在历史的大道上。比如红学，比如儒、释、道等。我国古代的阴阳学说实际讲的也是一种碰撞，一个道理。"一阴一阳之谓道"。阴阳交替、阴阳互补产生的火花让交替着的两个个体不断找到平衡，也让世界得以平静而美丽地前行。

我看见　两个容器里的水
在奔腾
奔腾就是寻找

两条巷子里的两个人
也在寻找
类似于假象
假象总是包含着真理

真理那么柔软
那么不稳定
它肯定撞不出火星

我突然想到了我不久前写下的上述这几行诗，诗的题目也是《碰撞》。

人与人为什么那么容易相遇并相撞，一定层面上的最主要最根本的原因恐怕就是，人是处在一个狭小巷子里的生物，在巷子里生存着。不管你在天涯海角，还是在乡野村寨，不管你是奔走在康庄大道，还是漫步于小桥流水，你都在一条巷子里旅行，你的生活是一条线，或者说线性的生活——甚至地球的运转也可以认为是一条线——虽然这条线并非直线，像容器里的水奔蹿，像江河湖海，“卷起千堆雪”。奔窜就是寻找，寻找那个可能很遥远的却又最有可能碰撞的人与物件，然后“与山下的石头”共同行走，产生故事，产生火花，产生被火花照亮的人生百态，生死歌哭。

人，作为石头应该就是两种：男人与女人。

从物理学的角度出发，碰撞是一种能量传递与转换或交换。据此，我前文所述碰撞让“毫不相关的两个物件受损”是否成了伪命题？感觉仍然不是。因为受损即传递。石头与石头的碰撞便是一颗石头的能量传递与转换给了另一颗石头，如果传递不够，或者传递到此为止，当然就只有一颗石头独自前行，如果相反，结果也就相反：一同向前，一起走向下一个目标。实际上，下一个目标，仍然存在能量传递与转换或交换的问题，否则，仍然会重复前面的结果：或分开，或停止。这时，就需要寻找那在“灰烬”中深藏着的“微量元素”。这是处在巷子里的人——两个人：男人和女人必然要做的事情。

但还有一种情况，那就是美国著名人类学家和心理学家贝克尔在《反抗死亡》一书中所阐释的：两枚在一起的苹果，其中一枚被碰坏的苹果会让另一枚好苹果很快腐烂。

这是碰撞的初衷吗？但这个结果没人想到，也没人想要。这种能量的传递与交换，这种补苴罅隙的方式，让两颗苹果自己也无法正视。我们唯一要做的，也是最有效的方法就是尽快把那颗坏了的苹果拿走。

春日册页

不管不顾的仍然是春天的脚步声，那么小心谨慎，似乎是谁在叮嘱：轻些，再轻些，对蛰伏的一切，摇篮曲式的轻轻呼唤，轻轻触碰，怀抱着对大地的敬畏、对梦想的追寻、对耕耘的顶礼膜拜。但春天的脚步仍然大胆洒脱，温言暖语也仍然是热烈忘情。只要你留神留意，大地上到处都有丹青妙笔，不论以国画的形式、油画的形式，还是以水彩画的形式，甚至是临摹的方式，每一笔都熠熠生辉而震撼大地，每一处都笔墨清秀、布局疏朗、风格秀逸隽永。

雪是早已悄然退去了的。我突然感到应该是“蜕”，蜕去它那因抵御风霜严寒而显得有点沧桑的外套，露出几缕薄雾、几星晨霜、几点寒梅，几声喜鹊的不能自禁，一切都在轻轻的晨风中微微荡漾，像一颗石子被谁扔进了池塘，一圈一圈的波纹慢慢散开，慢慢剪辑，慢慢品尝。如果你此时抬头，蓝天白云必然怀揣着诗情画意，无论是在小溪边，在池塘边，在滩涂上，都像是在襁褓中，都像是母亲在呼唤着我们的乳名，都像是在弹奏那曲《高山流水》，像是在吟诵那首《春江花月夜》。

错落有致的仍然是田野和山冈，碧绿的小麦、脆嫩的油菜，还有紫云英、蒲公英、车前草，以及许多叫不上名的野花野草、杂树杂花，它们啐啄同时，应声到来，在去年的枯叶之中，在那片灰白色的熙熙攘攘的枯草之上，真正是“雏凤清于老凤声”的绝唱与追问。谁能在这些追问声中辨别出它们的对话细节来？王安忆在她的《长恨歌》里写道：“哪怕是这世界上的灰尘，太阳一出来，也是有歌有舞的。”现在，我看见它们虽有些蜻蜓点水的模样，虽有些小口小口的吮嘬，但却是大片大片的手舞足蹈。沟渠旁已经有了融化后的涓涓细流，“至深至浅清溪。”李冶的《八至》让这些清溪期期艾艾地响，有些慵懒，有些清纯，甚至有些抑制不住。细流中总有欢唱的小鱼秧，说实话，我一直没找到它们的来路，它们似乎也从不在乎这个，既闪转腾挪又温文尔雅，像一句箴言，像一首情诗，更像是春天里秀雅而经典的装帧。

从田畴到山冈，从山冈到村寨，从村寨到湖泊塘堰，总有几只鸟儿不经意地从哪棵树枝上飞入天空盘桓，不时鸟瞰几眼，鸣唱几句，在鸟瞰与鸣唱的同时，投下它梭来梭去的身影。我知道，它们一定是在对这个春日的大地进行检索与浏览，在这检索与浏览中，文气总是多于武味，至情至性伴随传送芬芳；总有几头水牛在田野中不时对着远方哞哞几声，不长不短，作为一种呼应，它足可以让地上那些幼小的生命探出头来张望一下，如四仰八叉的牧童，满脸的得意神情。也总会有一两只小牛犊在一旁闹腾，也总会有几只小喜鹊在它们的脊背上飞上飞下，不高不低，像吹响集结号前的梳妆仪式，或许这便是《菜根谭》所说的“花看半开，酒饮微醉”的境界，也总有几只小狗在村口在蜿蜒小路上与放学的少年儿童一起相互追逐、打闹，儿童拍拍手、跺跺脚、蹦蹦跳，在地上打个滚也是那样的雅致，向天空放个纸鸢也是那样甜蜜的“亡赖”——我想，这样的时候，他们不论谁走在前面或是走在后面都是那样的地阔天开。

此时，我不知你是否有酒后情酽的感觉，但如果此时你随意转一下身，池塘边的柳枝上一定会给你几分绿意的惊喜，太阳一旦出来，它们便蠢蠢欲动，一个个像春日的瞳孔在闪耀，它们是又在履行一生一次的探险之旅吗？我看着它们不吆喝也不急躁，丝丝入扣地前行，举案齐眉地双手合十——这不就是自古至今修身的境界与品读的情怀吗！田埂上、沟渠旁总有三五成群的父老乡亲——我不能叫他们农人，农人这个词好像已经不足以涵盖我赋予他们的情怀——荷着锄、挑着担、弯着腰，那么一个完美无缺的榫卯结构。他们在赏春还是在镌刻？但都像是经过上苍精心筛选似的，像春天的一个触角，更像丘比特之箭，它会射中谁的靶心？我感到这里的每一寸土地都是他们的道场，在这个道场上，他们有说不完的知心话，唠不完的家常话，与大地与种子有吻不完的深情、盛情与舔犊之情。

这样的时刻，这样的境况，我不禁想到了宋代宋伯仁传下来的那个叫《梅花喜神谱》的孤本，它是那样地让我大饱眼福：蓓蕾四枝、就实六枝、欲开八枝、欲谢一十六枝、烂漫二十八枝……麦眼、柳眼、椒眼、蟹眼，悬钟、向日、蛛挂网、抱叶蝉、木瓜心……这些精致的描述无一不见其匠心独运、慧眼独具。我却不具备那个慧眼，远处田埂地坝中的父老乡亲即便如梅花朵朵，我也无法站在柳枝桃杈的下面学其皮毛地细数蓓蕾几枝、欲开几尖、烂漫几许。

“书房一日读书，不如花海半日漫步。”谁说的，真的就记不得了。但眼前并没有花，我如果把“花海”改为“早春”，那样就无缝对接上了。的确，那擎露的草叶，那向日的麦苗，那坦然的小枝小萌、小叶小蔓，你怎么可能如宋代林逋隐居西湖孤山梅妻鹤子地宅着，而不在此独步千跬？然后如池塘上的微风舔过略带寒意的浅水，然后涤肠荡心一般荡漾开去呢！

有雨就会丝丝地下，每一滴都像是记得真切的乡愁，这乡愁中有草木的滋味，有泥瓦土墙的情怀，有母亲早起灶间炊烟升起的烟火气息，这升腾类似于打磨、勾勒与细心刻画：或疏或密，或呛人或疏骨，或细细散开，或粗粗腾起，母亲有时添灶有时切炒，有时呼猪，有时唤鸡，有时向外探身有时背转锅台，真正一幅淋漓尽致的尺牍水墨。堤坝田埂之上总有柔软的脚窝打磨，一个一个，一双一双，像胎记，胎记上吟寒，寒中透香。

有阳光就会朗朗地照，每一缕都像在为村寨镀金，有蓝天白云为证，有开怀的池塘为证，它们在向着远方敞开，向着远方抄写经文，诵读经书，那么虔诚，那么锱铢必较，真正地既有儒家的认真踏实，又有道家的思想深邃，更有佛家的飘然洒脱。

有风就会轻轻地吹，每一丝都像是默默的期许，这期许中藏着冬雪的悄然消融，藏着村口那棵老槐树眠眠一笑的正襟危坐，像一个气韵沉雄的幽燕老将，它们那么默契，那么相互调教与切磋，一招一式，都似乎博大精深，“两人对酌山花开”就是如此吗？

有翅膀就会慢慢地展，在苍茫与辽阔之上，在湿漉漉与清爽爽之上，可以如柳絮，可以如紫燕，可以如黄鹂，还可以如一扇窗，似乎在通过这扇窗，告诉我们，春天就是一个展翅的季节，展开你的翅膀、敞开你的胸怀就能眺望远方，通向远方，抵达远方——诗就在远方。

我常常想，艺术如果减去美还剩下什么？这是“天地风霜尽，乾坤气象和”的美，这是“泥融飞燕子，沙暖睡鸳鸯”的美。的确，先是苦菜花嫩黄一片，然后是紫云英满田野奔放，然后是蓼茸、蒿笋徐徐绽开，再后来是油菜花铺天盖地，再之后就是桃花、梨花、杏花……每一瓣都像是窑藏的美酒，每一朵都像幸福的手掌，手掌托起的是夙愿，仿佛一探身就是千娇百媚的罗衣，一甩袖，就是千姿百态的涟漪，一盈掬，就是千丝万缕不尘的锦绣。每一星都像费尔南多所说，是“我在地球上存在的整个意义”。

第二辑　绘画及其他

麻雀为什么修炼得那么小
因而它能飞翔
而我　只能走动
有时带着肉身
有时带着灵魂
那些狗尾巴草是谁的灵魂
它终日　挤在
那块小山包上摇头
连自己一起否定

庐山之思

一座山就是一部历史。

而历史的脚步总是那么匆忙，不让你看仔细就与你擦肩而过了。你只能回过头来，不断地回过头来，而回过头来看到的结果却是模模糊糊。正如这些在庐山上“采摘”下来，现在躺在我桌上的这一大堆底片，任你如何努力地将它冲洗，也是徒劳，也看不真切这“庐山真面目”。当然，也可以说是看清楚了——“横看成岭侧成峰”！

这侧过来的峰是苏子的“峰”，苏子观看庐山的“峰”。

苏子一观就是九百年。九百年匆匆而过，苏子的这种方式仍旧适合我们。我们总是不知不觉地沿着这一暗藏着玄机的方向攀缘，仿佛西西弗斯，将石头一块一块推上山顶，然后看着石头一块一块滚下山来，那滚下山来的石头多么冰冷、坚硬、不可动摇！站在这些石头面前，即便是西西弗斯也只能茫然与无所适从。

我知道，这次庐山之行的确是有些匆忙了，匆忙得近乎慌张。这慌张不仅仅来源于连一部好照相机也没能带上的烦躁心情，也来源于匆忙的历史——越是匆忙的东西，越是想驻足，哪怕是片刻，这便是人类的可贵之处。庐山依靠这一可贵而直插云霄。一行的朋友认为我不应该冤枉他，照相机本来是好的，拍照的时候也没发现有什么问题，不知怎么就坏了。或许朋友说的话是正确的。庐山太沉重了，沉重得让你拿不动任何一点东西，哪怕是一星纸片——那么多的历史都在这里演绎，那么多的血都在这里流淌，以致将黄栌染红，能不沉重？

原打算上午到达庐山，但由于我们都不认识路线，车子一开便与庐山擦肩而过。这似乎是庐山与我们这些初识之人开的一个玩笑。事实上，庐山跟每一个来此之人都在开同样的玩笑，不管你走错了路还是没有走错，你都必须回过头来，重新面对它。

当然，对于我们不能称之为重新面对。我们只是从它很远的身旁一掠而过。我们是否惊动了它？一直到下午 2 时 30 分抵达庐山宾馆时这一问才显得没有实际意义。因为庐山已被我们分成两半：一半在脚下，一半在头顶。

由于第二天必须赶回，我们不得不匆匆安顿一下就重新上路，去追问那头顶的另一半。“垮掉派”代表凯鲁亚克笔下的主人公狄安与萨尔们也不过如此。其实，我们是盲目的，或者说是迷茫的，我们的追问也是迷茫的，当然这其中也包括对历史的追问。这是否是生存者的迷茫？没有答案。狄安与萨尔们疯狂地奔跑也没有找到答案。一直以来，我们依靠寻找答案而生存并生活着，身旁的这一茬茬游人也是如此。来看五老峰、三叠泉、仙人洞，抑或是美庐、万言书及庐山上的一块又一块形状怪异的巨石？是，又似乎不是。

我们有些像这深秋的落叶，急于向大地扣问，又不被大地接纳，大地推推搡搡着，让我们不停地在她的手掌上滚动。

庐山一直蹲伏在这里，千万年的风化也仍然不动声色。

庐山在地图上只是一个点，一个三角形状的点，这个三角形状的点，它的一边是坚实的，它的一个角尖尖地向上伸展，这也是它现在在我的面前如此高大，如此不可企及的原因。

高大与矮小都是庐山，历史创造的庐山。历史可以将庐山无限放大，也可以将庐山无限缩小。只是无论放大与缩小，均与庐山无关，庐山仍然是庐山，像一块骨头，谜一样的骨头，骨头一样的谜。

层层叠叠的脚印都是来解这个谜。路两旁的草已经枯萎，秋冬季节，不时飞下的发黄的叶片或在我的前后不肯离去地打着旋转，或在我的脚下发出脆脆的断裂的响声。

这响声让我有些心慌。我总怀疑是脚下的某块石头在发生断裂。朱元璋敢于在这断裂之处纵马一跃，陈友谅不敢，因此陈友谅只能仰天长叹。

我更不敢。芸芸众生之中的我连认真看一眼也不敢；特别是往下看，即使是无限风光。那么深不可测、不可阻挡地吞噬一切的深渊，我只能选择离开，或者束手就擒。

端坐在白鹿洞中的朱熹是否观看过？朱熹实际上也是选择了"离开"，只不过，这"选择"不是他自己的选择。"稍以儒名者，无所容其身。"（《宋史·朱熹传》）朱熹还能怎样？千百年的风雨打磨，"博学之，审问之，慎思之，明辩之，笃行之"的朱熹现在看上去双眼已有些茫然——我既看不到他严峻的表情，也看不到他释然的眼神。是对"德""仁"思想的茫然？是对历史的茫然？还是对我们这些游离于历史之外且对历史作壁上观的游人的茫然，我无法弄明白，一代宗师自己恐怕也无法弄明白。历史终究是历史，它不遵循任何规律，残酷而逼仄，也不允许任何如我等不相关的人介入。介入，也不过一个游人，甚至是一个束手就擒的游人。青石铺就的路那么漫长，弥漫在山间、树丛中的雾那么缥缈。

那青石路是从历史深处漂过来的吗？或者就直接伸往历史深处？黄

栌、翠竹、青松、秋阳……引领着我们，同时又令我们迷失，将我们与庐山断然隔开。

有人说白鹿洞有幸于朱熹，朱熹亦有幸于白鹿洞。我都不信，但我同时又都相信。悖反一切的二律背反定律在否定一切的同时又对一切进行肯定。

“飞泉如玉帘，直下数千尺。新月横帘钩，遥遥挂空碧。”

对于庐山，任何游人最终均必须选择离开，唯其如此，才不致遑论，才便于仔细地咀嚼与倾听。

空气在树梢抖动
在蹲伏的石头与石头之间流走磨损
发出我一直未曾见过的光的沉痛

通往莲花峰的路
在那丛野草中
突然失去踪迹
这一年一度蓬勃的野草
在我来之前，曾向谁提问
向谁伸出它
胼手砥足的真实身份
……

这是我2000年写给我家乡的一座没有来路也无归途的名叫“香茗山”的小山的诗中的两节。它似乎也适合此刻我咀嚼庐山，咀嚼着它的神秘，咀嚼着它那突然失去踪迹的通往“莲花峰”的路。

“庐山美景观不尽，天缘有份再来游。”我无法知道朱元璋写下此诗时的心情，但我清楚另外一点：再美的景也只能偶尔被记起，如我们。很快它便进入忘川或者被其他什么所代替。

我常常想，山与山总有相通之处。都是一片苍茫，都是一块又一块的石头，都是游人朝向天空的脸，朝四面八方……

但石头与石头又总是不同。比如雨花石，斑斓而光溜的雨花石，总是被游人带走；当然，在现代社会它是被买走的，由于市场的需求量过大，它甚至出现了赝品。庐山的石头或丈余，或数丈，甚至数百米，高耸入云，孑草孤树，遒劲峭拔。我们只能远远地观看，别说带走，连亲手摸一摸，也显得那么肤浅、幼稚与不可思议，甚至不可能。有如此刻书桌上的这盏台灯，不停地回过头来也只能对着这张薄纸发呆，对着这茫茫夜色发呆。

直到它消失在挂着冰凌的曙光里。

我能走多远

“我能走多远？”这个问题一直令我思考。答案总像这眼前的雾，暧昧，看不真切，但却真实。

是否真实的东西都不真切？我不知道。在这个初春的早上，浓雾笼罩下的我，心情湿漉漉的，如我的头发，拧得出水，如我家中冒着小水珠的地板，妻子怎么擦也擦不干，如有些渗漏的屋顶，检修几次也没堵住，很是灰颓。按说，春天给人的感觉是向上的，甚至是那种蓬勃的向上，但此刻我看到的是那从旷野的缝隙中生长出来的蓬勃，虽不失执着，但却是那么的卑微与小心翼翼，任何不经意的举动，对于这一蓬勃来说均是致命一击。“谁能逃脱这四季轮回？”这句我去年用来感叹秋天的诗句，用来感叹这个春天，却也是惊人的适宜。

我知道我同样来源于某处土壤的缝隙，而且现在仍旧在这缝隙中挣扎着。我在一个离家 16 里左右的一个小镇上班，亦即谋生。以上班这个强调社会作用的词语来叙述谋生，虽冲淡了些许个体的求生本能，但折射出的仍是人的脆弱与无助。

小镇滋养我及全家，因此要求我必须每天 8 点钟以前赶到，然后以工作来进行回报。

我不知道我回报了小镇没有。但有一点是肯定的，我上下班的确做到了准时，尽管我有因睡懒觉而晚起的坏毛病。为了挽回这一损失，一直以来，我都是以最快的速度踩着自行车，我将速度换成了时间，以填补因睡懒觉带来的时间短缺。牛顿是否也进行过这种转换？没有答案。

现在，浓雾弥漫，我几乎只能蒙眬地看见前后相距不足 10 米的范围，甚至就是这 10 米，也是模糊的，无法确认的。尽管我已将车速放到最慢，尽管我是紧挨路边，但一旦听见汽车、摩托的喇叭声，仍免不了毛骨悚然。

多么残酷。我们这些一直自诩为智能生命的人到底距离生命的终点有多少路程，是一墙之隔，还是一纸之隔，抑或是死亡之手时时都在卡着我们的脖子？“谁也没有把握看到明天的太阳”这是谁说的，我已忘记了，但它震撼了我整整一个晚上。生命是卑微的。我们这些雾中之物，总有太多的欲望，清脆、响亮、清新、秀丽……我们都在追求，但我们的视力决定着我们追求的有限性，上苍在允许我们观看的同时，为我们设置了一道道障碍，遮盖着我们的视线。

这障碍就是雾。

……几只麻雀在雾中从我头顶上空一掠而过，我无法看清它们的形象。事实上，我并没有努力去看。我一方面急于赶路，一方面要注意来往的车辆。我相信，这几只麻雀也同样没有看清楚我。在它们的下面行走的我之于它们，只能是稍纵即逝。世上有多少事不是擦肩而过，而失之交臂？

这条路我已来回走了近四年，每日两趟，我几乎是围绕着这条路而生活。来也匆忙，去也匆忙，匆忙之间，只有茫然与无所适从。一条 16 里的柏油路规定着我的一切。我不知道这是谁事先为我设计好的。我只知道我必须服从，服从是我的全部。否则，不是伤了筋，就是崴了脚，甚至头破血流。现实就是如此残酷：它理直气壮地要求你接受一切，我甚至不知道世上是否还有第二道路可走。

雾似乎淡了些，但还不允许我加快速度，我只能隐约地看见路边的那棵老树，在风中摇晃着，嫩绿的枝桠有点像问号又有点像感叹号似的隐约伸向空中，我也只能凭着记忆隐约看见路边那一茬茬庄稼，低低地摇曳，浅浅地吟唱。宛如人的零零碎碎的朝向四面八方的脚步声。其实人也只是摇晃着，在被允许的范围内摇晃，而不是走动，正如我只能在这 16 里的范围内如钟摆般重复自己。这便是生活的意义，也是生活着的无奈。

"一头雾水。"这句前几天写下的诗句还是把我的头发染湿了。此刻，我只有不断地按响自行车的车铃，以提醒在我前面或者后面突然出现的车辆与人群。

对于我，按响自行车车铃的全部意义就是对抗并试图避免碰撞。这似乎是一件与我们的生命毫无关联的东西，但它却在某种意义上暗示并决定我们的一切。我不得不固执地认为，生命的存在与否往往与生命本身无关。小时候，喜欢捉弄蚂蚁，喜欢将那些柔弱的生命放到一只半透明的墨水瓶里，让它们在那个封闭的狭小空间内左冲右突，那是一种怎样的无奈与恐慌。至今，我还能清楚地看见那些无助的生命临终时逼视我的眼神。我不知道我们是不是也被囚禁在一只半透明的墨水瓶里苦苦挣扎，或许上苍正如顽童一样，握着那只无限加大了的墨水瓶站在那里，傻笑着欣赏我们。

现在我知道了为什么孩子们总喜欢玩弄蚂蚁，这并非因为时代的物质匮乏。我的孩子就曾经写下几十篇观察蚂蚁的日记，赞叹蚂蚁坚定无比地搬弄大于它身体十几倍甚至几十倍的食物。我无法看到蚂蚁的伟大，认为它们是一群只知道整天寻找着食物又搬运着食物的卑微的小生命！

孩子无法看清这一点。我看清这一点时已开始在 40 岁门槛前徘徊了。我知道我走了四年甚至是 40 年的路，却仍在起点。前进对于我来说一直是一个象征，一个混沌中夹着些许清晰，远距离地站在人的前方的参照物，我固执地相信这个从未谋面过的参照物，并有滋有味地用它解释一切，乐不思蜀也不过如此。这似乎是生存的需要，是继续生存下去的必须，“我能走多远？”从这个意义上来说，我不应该背着这过于沉重的行囊兀自纳闷。

但我的确做不到这一点。无论怎么努力，引导着我在这条 16 里的路上来回摇晃的仍是朝夕相处、春瘦秋肥的那条小溪、那株小草，甚至是刚与我擦身而过的路旁那户人家堆放的石料，它们是否有走动的梦想？走动意味着消失，抑或消亡。即便是在我头顶上飞来飞去的麻雀也不过比我多走了 16 里、26 里而已，最终它仍然被它的那个闪闪发光的小巢所照耀、所左右。

太阳终于露出了一点轮廓，雾又淡了些。

铺天盖地的野草

突然产生了一种铺天盖地的感觉。

这些野蓼、狗尾巴、节节草及许多叫不出名的杂草，蓬蓬勃勃、不管不顾。在田埂上，在水塘边，在弯弯曲曲的小路旁，甚至在人们过去用来纳凉的大树底下也是密密麻麻，散布着略带辛辣即过分成熟的气息。呛人！

这是一种怎样的气息？

我忽然想起了沈天鸿先生的《秋天的杨树林》。对，就是他当时闻到的那种气息：衰老的气息。这种气息或者说这种感觉是我今年农历七月底回到家乡大桥的某个村子时被突然复制出来的。

农历七月仍然是一个很热的季节，尽管从日历上看已进入秋天，但秋的迹象不是很深。现在的季节似乎是变了很多，即便到了农历八月，也仍然是夏天的气息占据着重要的地位，一副不愿或者舍不得离开的样子，很是惬意的神态。只是这些草不再嫩绿，不再像春夏时那样让人不忍心去碰它——一碰它就可能伤害它了啊。它们就悄悄地长在那里，静静地守候，静静地在风中、在阳光中与世界合二为一。

可眼前的这些草着实让人惊慌，似乎忘记了自己是野草，长得齐人腰高，甚或超过一人高，就连本来高不过寸许的节节草也从地上努力伸长脖子抬起头向外张望。村前屋后几乎没有路，没有哪一个人能在这里顺利地通过。事实上我还真不知道草到底能长多高。可能与我同时代的许多人也有这样的想法。一个小土丘我却几乎无法轻松地走过去，我得用手将野草分开前行，它们的下面依然是陈年的未来得及腐烂的草，看不见泥土。就像我昨夜翻看的那卷发黄的历史书，翻来翻去，到最后，我还是没看清真正的历史。

一种障碍。

一种障碍产生的一种无奈。

对草感到无奈从我记事时开始就有了。只是意义正好相反。是一个相反的命题占据着我的整个世界妨碍我对草的认知。

那时，草给我的印象始终是绿油油的可人，很少有眼前这种充满着辛辣与衰老的气息。它们刚刚探出头不是被牛吃了就是被割草的孩子们割走了。当然割草的也有大人，我深信我的这个记忆或者判断。我其实就是那放牛的孩子或割草的孩子。就连那长在水中的苦草也不会放过的。苦草，我们那地方对它有一个比较形象的名字：麻皮草。的确有一种麻赖赖的感觉。大人们整船整船地将苦草拉出水面，上岸后在阳光下曝晒。

一切割来的草只有一个目的：做饭。

民以食为天。那个时候，除了牛吃以外，所有的草统统都要塞进土灶的灶堂。虽然燃烧的时间短，但这在当时我的家乡是唯一能将米做成饭的方式。这种方式我想实际上也是当时全国农村的方式。那时，大到树木的蔸，小到庄稼的根甚至于叶片，无论是哪种，我们都不会放过。我们将它挖出来，除去泥土，晒干，烧饭。年复一年，几乎所有的“业余时间”都要不断去割草、拉草、筢草。

我们冬天筢柴、夏天拉柴（拉苦草）、秋天砍柴。我们的童年因此被这些柴草或者说土灶夺去了一大半。现在想来恰好就是这些草丰富了我们的童年。庄稼活干不了，与那些草相似的我们只能与草同行。

土丘的前面是一口水塘。水塘里面也长满了草，蒿草、麻皮草都有。夹杂在这些衰老的草中间还有一种此时仍碧绿且蓬勃的草，叫空心莲子草，我们那叫水花生或革命草，是一种外来生物。由于它长得快，生命力强，又没有天敌，所以那个年代就毫不思索地引进了，可以说在很大程度上解决了当时个人与牛乃至牲畜相互争草的矛盾。

可随着这么多年的经济发展，草的作用大大退化，而这种水花生却不因此而退出历史舞台或有所改变或收敛，不管不顾，烧不着、拉不完，年复一年，郁郁葱葱且铺天盖地将这口水塘填得满满的，让人手足无措。

时代的进步足以让一切退化被忽略吗？水塘也一样。现在的庄稼人户户都有口井，烧饭多用液化气、煤、电，与城里一样。偶尔用一下草，那是奢侈，是城里人要吃农家饭时才用的奢侈。所以水塘被填满，野草在疯长，村民们只是看在眼里，不在心上，没有感觉。年轻人腊月二十几才回家，正月元宵前后就匆忙外出。村庄里除了老人小孩外，就是这些疯长的野草了。在春天、在夏天、在秋天，乃至一年四季。

我突然想到这些草要是长在沙漠地带呢？那该是怎样的景色与结果！但现在这些草长错了地方，我坚信长错了地方。任何东西长错了地方就会背道而驰，最后就是衰老，就是年复一年地走向死亡。

这也是一种障碍吗？

“充满障碍的时代！/ 谁都在避开对方的同时 / 成为别人的障碍 / 这同样是一条真理。”这是我多年前写下的一首关于障碍物的诗中的几句。我想这些草是为了避开谁而成为我的障碍，让我生畏？我无法想象人对草竟然生畏。

我知道，这肯定不是敬畏。

“野火烧不尽，春风吹又生。”白居易在写下《赋得古原草送别》这首诗时是不是也有这种畏？但这里不是古原，是我的家乡，我此时也不是送友人，而是随便走走，类似于城里人在公园里散步，只是散步的心情肯定舒畅，而我却舒畅不起来，只有沉重，一种铺天盖地的沉重。我想到了白居易诗的下面一句“远芳侵古道”，一个“侵”字表现出白居易当时所处的情境与我类似。只是他仍然闻到了草的“芳香”。而我却闻不到。侵古道的这些草让我脚下原本就有的乡村小路荒芜。是什么时候开始荒芜，并与成为腐殖物的草融为一体？

我现在终于理解了“荒草”这个词的意义。“荒”与“草”连在一起就是此时我的感觉。一种空落落的感觉。

这空落落的感觉是一种障碍吗？一群麻雀在前面飞起又落下。麻雀似乎永远都是这样，飞不高，也飞不远。飞起是短暂的，落下也是短暂的。

麻雀肯定有麻雀的障碍。

草也是。人是否也是这样？

雨水

今天是雨水节。从日历上看，进入春天已有半个月了。但此时此景给我的感觉仍旧是停留在冬天，连同田野里的草、湖里的水、路边的树，仍旧是黑黑的、凉凉的、光秃秃的。让人感到除了日历以外，一切仍然是冬天。

进入，却持了一种否定的态度，即便用“犹抱琵琶半遮面”这样的名句也难以囊括这其中的所指。可能不只是这个春天，包括其他季节给人的感觉也是如此。

我时常想，为什么古人那么毫不犹豫地将这个似是而非的一天定为立春，然后就定下了雨水以及其他的节气呢？仿佛“浑然天成，无有畔岸”。实在是有着在今天来说叫作“前瞻性”的一面。这一“定”可是千年呀！千年来，我们同样毫不犹豫地在古人的规定或者说是阴影中生活。没有人提出异议或者说提不出异议。

在我看来，这样的一个结果，无疑导致作为一个节气“立春”离开它原本的内容亦即原本的能指而成为现代人心中的一个“形而上”，且是一个具有着无穷服从性的“形而上”。其实，所谓现代人，许多事都是古人为之量身订做的，都具有无穷服从性，无穷地一个“节气”一个“节气”地往前赶路、“赶集”。这并非复古或者说厚古薄今。比如我现在正在纸上写下的这些字，这些一笔一画、有形有意的汉字，哪一个不是出自那个叫作“仓颉”的古人之手呢！变化的只有形状，只有我们偶尔添加在其中的类似佐料的意义或者重新排列组合的词语。那是不是可以说我们今天的词语组合在冥冥之中由古人赋予了这个“权利”、下了这个定义呢？“古人不知今时月，今月曾经照古人”是不是也包含着这层意思？没人知道，也没人能知道……

而雨一直在下。我可以武断地说这“雨”从古代到现在，每到这个时候就会毫不犹豫地下起来，一直就没停过。

仍旧是打在人脸上感到冰冷的有些生痛的雨，现在却叫春雨。我的确有些不解。因为在我看来，这些从冬天赶过来的雨，其本质并没有发生变化。

“春雨贵如油”？我更难理解。

那么多的雨为何贵如油？是否古代的春雨非常稀少？如果是因为春天下的那些雨到了夏天、秋天不够用，那也是因为夏雨或者秋雨少了，应该叫夏雨或者秋雨贵如油呀！为何要把这笔账算到春天的头上，厚此薄彼呢？

应该说古人一直是“厚”春的。这就又出现了一个似是而非的问题，甚至不啻是问题，而是实事了，一个“今人不知古时月”的事实。

在我的经验中，春天的雨下得比任何季节都多，多得让人受不了，仿佛空气里都是雨，吐口气都让人感到拧巴，打个喷嚏都有可能下起雨来。比如眼前，好几天了，下了停，停了又下，不依不饶。它是不是在提醒，提醒这个世界上正在蛰伏着的一切？看来，眼前的这个春天给我们展示的是她那个我们所知甚少的另一个侧面，一个小小的烟雨朦胧的侧面，甚至可能是一个虚影。

虚影就是“形而上”。我们一直与那个称之为春雨的“形而上”在对接。

可雨并不虚，实实在在的。路的旁边已形成了一条小溪在哗哗流淌。

是谁给了这条哗哗流淌的小溪以目的？没有人回答。但小溪却让那个“形而上”的春天一下子成为了“形而下”。有了感性，听得到，摸得着。打着伞走在这条下着不大不小的春雨的路上，我突然又有了这个想法。包括不远处那些迫不及待地开了的油菜花也是一样。这些离盛开还为时尚早的油菜花，雨滴一下，就迫不及待地点一下头的油菜花，实际也是在迫不及待地展现自己。街道上那些奔走着的小女孩也是一样。是模仿还是不谋而合？她们看上去穿得那么单薄，一脸的灿烂，她们就这样迫不及待地以这种朴素的方式提前沐浴着她们内心坚定地认同的那个春风、春雨。

我一直不接受眼前扑面而来的是春风、春雨这个事实。我一直穿着冬天的服装，同时也是以冬天的心情，以对待冬天的方式在对待这个春日，那些在村庄里关着门、围坐在火盆旁边谈天说地的人，我想也是如此。

他们在谈论什么？我并不知道。但我熟悉这一切。我只是刚刚离开那个火盆，他们的每一句话实际还在我的耳边，带着火盆的味道，甚至是充盈着腊肉的香味。

当然，我更熟悉这些油菜花，熟悉它们开花的全过程。此刻，我知道不可能有蜜蜂。因而远远望去，让人感到油菜花开得只有她自己了。

“立春三天，百草发芽”讲的可能是一种萌动，春天本身也是一种萌动，大众性的萌动，因而有了茫然。当然，茫然不是“盲然”，它们有着本质的不同。因为这些油菜花、这些奔走在大街小巷的小女孩、这条哗哗流淌的小溪。

这是由茫然到必然的一个必然过程。

春光明媚。笼罩在春雨中的春光大概只能通过这些油菜花或者小女孩来体现明媚了。因而明媚就有了“暧昧”的意味。同样可以这样体现的还有迎春花，甚至那些还不肯离去的腊梅等。这个时候，它们只有花，或黄或白或粉红，没有绿叶的呵护，凸凸的，同时也是秃秃地或者伏在枝条上，或者伸展在枝条上，闻不到那种熟悉的香味，那种沁人心脾的韵味。看上去，茫然得不知所措。

是不是发生了“脱臼”？记得我小时候因与小伙伴一起玩耍曾造成胳膊“脱臼”。脱了臼的胳膊什么也不能做，只传递痛，不传递命令。现在这些花伏在枝条上是否也只是在传递痛？它们显得那么薄如蝉翼，风轻轻一吹，似乎就能将它卷走。但这些花明显比我坚强，它以坚定的、坚守的方式寻找与绿叶的吻合。一朵被卷走，许多朵薄如蝉翼的花会很快探出头来。

这同样是一种茫然吗？它们在担心春天爽约？所以产生了激动与错觉，手足无措。

我想起了昨天晚上读到的一篇文章，法国文学批评家托多洛夫在《对话与独白：巴赫金与雅各布森》中评价雅各布森的作品时所说的一句话：“它面对所有读者，亦即不面对任何具体读者，不等待任何回答。它所引起的反响不是某种‘唱和’而是鉴赏和沉思”。这句话，我想同样适合描述这些春雨。我知道，春雨不等待我任何具体的回答，我的回答可能像这些开了的油菜花，并不一定着边际。

它同时也不是面对我这一个具体的“读者”。因为不等待具体的回答，又不是面对某个特定的对象——读者，所以就避免不了它的茫然性。

我不知道春雨是否在“沉思”？如果是，那么眼前的这些就是春雨“沉思”的结论了，一种“通过无动于衷而达到激动，通过不加解释而得到解释”（沈天鸿语）式结论。尽管我们在这个连绵不断的春雨中，把自己包裹得严严实实地行走在田野或者街道上或者围坐在火盆边，面对那些迫不及待地甩开绿叶先期招展在枝条上的各种花朵；面对一不小心仍旧有可能突然到来的春雪，而且可能是一场覆盖一切的春雪；我们可能突然需要脱去一件厚棉衣，我们又可能突然需要穿上它……

这些“面对”不可否认都是春风、春雨的作品，甚至是杰作。我把这些作品归之于哲学。它让我们不断去思考，其结果读到的却是“赝品”，得出的结论都是茫然，包括这些一直在下的雨，哪一滴像是春雨？这有且只有一种可能，那就是我们一直在误读、误解，在读春天的影子。影子总是先于本体抵达。

里尔克曾在他关于罗丹的一书中说道：“荣誉是所有误解的总和。”我想把这句话“盗”用并替换：用“春天”替换“荣誉”，那就是“春天是所有误解的总和”。

我坚信。你信否？

桑葚

我到现在才知道桑葚竟然是水果这个大家族中的一员。昨天看见爱人从超市买回一盒包装精美的桑葚，我才恍然大悟。桑葚竟然也很有贵族气——我一直认为水果这个词很有贵族气，而桑葚不能被称为水果。我甚至野蛮地认为桃子也不是水果。在我的家乡，到处都是野桃树，每到夏天便毛茸茸的，想怎么吃就怎么吃。而水果应该是难以买到的，是我们这些乡下孩子可望而不可求的东西。桑葚就更是如此了。因为它既无水果一般润泽的果皮，也无坚实的果核（这个结论我后来才知道是错误的，桑葚是有核的，只是那时的我并不知道），也不怎么甜蜜，酸溜溜的，更上不了桌面，很下里巴人。每到春夏之交，树荫下，有时是喜鹊、有时是麻雀啄食时不小心掉下来后，我们就如同喜鹊、麻雀们一样争着抢着捡拾的桑葚却可以与苹果之类的水果相提并论，此时此刻我是真有些感叹，有些诚惶诚恐地百思不得其解。我的这种百思不得其解既包括了我对现代商家那种独具一格的眼力的钦佩，也包含着我对自己的无知的无奈。

记得柏拉图的代表作之一《斐多》中有一句话，一个东西之所以是美的，乃是因为美本身出现于它之上或为它所“分有”。柏拉图的“分有”说让我想到，是不是水果被桑葚部分“分有”了？我认为有这种可能性。柏拉图还有另一句名言：认识就是回忆。这句话对我触动更大。因为我坚信许多东西是因为回忆而美好。这自然包含了我对桑葚等果实的认识的改变。但实际的我又是先认识了桑葚然后才认识了“水果”，从这方面讲又与柏拉图理论相悖。也许世上的事本就矛盾。

“桑之未落，其叶沃若，吁嗟鸠兮，无食桑葚。”诗经《氓》这样描述桑葚时，虽巧妙地描述着男女爱情，但也不经意地勾勒出了一幅斑鸠争食桑葚之田园美景图。桑葚之盛也就溢于言表了，且与我儿时景象几近一致。

桑葚又名桑果，既可入食，又可入药，中医认为其味甘酸，性微寒，入心、肝、肾经，为滋补强壮、养心益智佳果，具有补血滋阴、生津止渴、润肠燥等功效。这是我看见爱人买回来桑葚后，在网上搜索到的结果。在这之前我对桑葚的这些功能一无所知。我想许多人可能也与我一样，无知且无奈。但我总觉得这多少有点放大镜抑或显微镜的味道。小得不能再小的一颗桑葚，怎么就有那么多的功能，几乎成了一粒精心制造出来的药丸？！现代人似乎很热衷于制造功能，喜欢将功能一再叠加，也一再附加，让许多美丽的阳光照在它上面，几乎是“万千宠爱于一身”。比如一部手机，本来是用于通信的工具，却硬生生地将它制造出诸如读书、新闻、游戏、聊天、购物等功能，包罗万象，无所不能。几乎一部手机就是一个大世界。我可能真的是落伍了，我的手机一般只启用电话及短信两个功能，就像我只知道桑葚只能偶尔填一下肚子、解一下渴一样简单。我就像贾宝玉“任凭弱水三千，我只取一瓢饮”。这也是我之所以对现实世界感到无奈的原因之一。

桑葚在我的家乡叫桑苞。在我看来很形象化，真有点像花朵含苞欲放的感觉——尽管我认为桑葚不是水果，且落到地上后形象不雅，但这并不影响我认为桑葚挂在枝头的形状很优美这个事实——那紫嘟嘟、水灵灵的桑苞，挂在桑树的枝头，令谁都垂涎欲滴。虽酸溜溜，但仍然能为我们解馋解渴。这看起来的矛盾，实际上却是我们乡下人那种有肉就把白菜放在一边，没有肉时就将白菜端上来的感觉。我现在常常对我的爱人竭力解释我怕酸不是年龄使然而是因为小时候吃多了桑苞的缘故。记得我们小时候就在这个季节抬着头（其实小时候我们做什么事不是抬着头呢？）胆怯地从它身旁经过，经过然后返回，上树，甚至偷偷地从地上捡起来吃。之所以如此，是因为大人们老不让我们吃。其实，大人们在这方面很矛盾，一方面说桑苞很脏，吃了会拉肚子。说真的，不仅是拉肚子，时隔几十年，我仍然记得只要吃上几颗桑苞，牙齿便被染成紫色，甚至连脸上、手上、衣服上都被染成紫色的模样，全然找不到乐府诗《陌上桑》呈现出的那种“采桑城南隅”心境。另一方面，大人们却时常背着我们吃，兀自解馋，把有碍观瞻的一面故意隐去。这本就无可厚非。谁愿意把自己不光鲜的一面给人特别是自己的孩子看呢！可桑葚却反过来，它光鲜的一面，我到现在才知道，如果不是在网上搜索了一下，我到现在都还不知道。而它不招人待见的一面却始终亮在我们面前，让我们吃，让我们看着它长大。这真是有些让人大惑不解，韬光养晦似的。

可桑葚韬什么光，养什么晦呢?

桑葚成熟在我们这个地方应该是农历五月节即端午节过后。记得我那时候由于家庭管教甚严，既爬不上树，也下不了湖。我的童年因而少了许多乐趣。以至于现在许多人对于我生在水边长在水边却不会游泳不会爬树匪夷所思。我自己也一直不理解父亲为什么那么害怕我上树与下湖。现在的家长似乎仍然没有几十年前我父亲的安全警惕性那么高。别人家的孩子都是被放养着、痛快淋漓地玩耍，而我只能眼睁睁地看着他们上到树梢、钻到湖心而羡慕不已、无可奈何。我的上树下湖的功能因而"被迫"终生萎缩。我只能以他们之乐为乐。这种"乐"食之无味，弃之可惜，就像树上掉下来的桑葚——我一直想，那帮着我们并与我们一起度过了一个饥饿但仍然很美的童年的桑葚，却没留给我一点好印象，可能就是因为我只是吃着我的小伙伴们扔下来或者鸟儿们争抢时掉下来的桑葚的缘故。这是桑葚的失败还是我的失败？

我小时候胆子非常小，又非常惧怕父亲——我想可能二者是相通的。当然那时的我并没有那种十分遗憾的感觉，除了有些许片刻的烦恼之外，很快便抛之脑后与伙伴们打成一片。或帮他们看衣服，或帮他们拿家什，虽不畅快淋漓，却也自得其乐。我看着他们玩，这也无形中加重了我在他们中的分量，有没有被大人们发现全靠我说了算。有时候我的一句谎话会吓得他们光着身子屁滚尿流。这自然也就弥补了我不能与他们同乐的不足。

一般上到树最顶端的，或钻到湖最深处的总是我的堂兄泉伢。泉伢大我一岁多，由于年龄相仿，因而我很少叫他哥哥。他也从来没有感到过我有什么不妥或失礼的地方，叫他时他也总是乐呵呵的。泉伢不仅在上树下湖方面是行家，捕鱼、捉虾、弄黄鳝什么的也无一不精，就连筢柴禾也总比我胜上好几筹。"记得当年水上漂，灰头土脸赤条条"。我在一首诗中曾这样描述过他。泉伢的确就是一个能手，灰头土面的一个能手。但就是这样一个能手，现在仍旧如过去一样很穷。用家乡的一句俗语来说叫作"用锅铲都铲不起"。他在外务工，干的是常人难以忍受的体力活，挣的是血汗辛苦钱。酗酒、赌博使他原本来之不易且不多的血汗钱像流水一样白白流走。逢年过节，他连到他自己父亲的坟上去磕几个头、烧点纸钱都不愿干。甚至有时连春节也没回来陪陪老母亲。二婶在家望眼欲穿，堂嫂带着三个孩子终日守着一亩三分地发呆。但就是这样一个人物，去年却溘然西去，丢下三个女儿及妻子。这样一个事实谁都会心生悲悯。

生命总是如此吗？泉伢展示的是什么，隐去的、不让我们看清的又是什么？站在这片我们过去争抢桑葚的树下，看着头顶上满枝满树的桑葚，束手无策的我真的就有了郁达夫在他的散文《一个人在途上》的那种“最怕听的，就是滴答的坠枣之声”的感觉。

桑葚坠落之声，在夏天，在我听来如听秋雨。

绘画及其他

一

绘画是有选择的现实世界，现实世界是没有选择的绘画。

古今中外所有的绘画作品概莫能外。即使是摄影作品甚至是一些为了达到某个目的用照相机照下来的简单而机械的断章取义的照片也是有选择的结果。

人类喜欢画或者说喜欢画这种艺术形式的作品，证明人类存在着凭自己的喜好去取舍现实世界的定律。同时也证明人类的一个共同观点，那就是认为现实世界是不完整的或者说是不完美、不尽如人意的，至少是某个特定的对象眼中的不完整或不完美、不尽如人意，存在着某种人类认为的瑕疵或者让人类或对象感到没有嚼头、难以忍受的缺陷，需要人类通过某种方式不断去修补、去取舍、去填充。

这个去修补、去取舍、去填充的过程，放大一点讲，应该类似于柏拉图关于“完美世界”的观点，也对应了柏拉图在其《会饮篇》中所述“找对象”的过程。如果我这个观点成立，那就证明绘画作品中的世界与现实世界加起来才是完整的或是完美的世界。当然这个绘画作品应该是成功的绘画作品，而非劣质的、粗鄙的或庸俗的。

绘画作品如此，其他所有成功的文学或文艺作品也是如此。

哈贝马斯在他的《后形而上学思想》一书中曾写道：我们生活历史的视野及我们先天就置身其中的生活方式，构成了一种我们所熟悉的透明整体，但我们只是在反思之前对它熟悉，一旦进入反思，立刻便会觉得陌生。

之所以陌生，应该是“反思”的作用。但“人类一思考，上帝就发笑”。

上帝发笑，我们当然还是要发问——我们的发问从来就不会因为上帝的发笑而终止。

我们的生活及我们生活的世界当然是透明的。透明得一眼能看到底，看到穿越它、穿透它，在阳光下如此，在月光下也是如此——在乡村，那朦胧的月色下，一个一个的影子，虽黑黑一团，但伴随着小狗的叫声，我们仍然能十分清晰地分辨出那个影子属于谁，那声咳嗽属于谁。

但我们的生活又是多么的陌生！陌生得让古希腊哲学家毕达哥拉斯忍不住发问：我是谁？我从哪里来？我要到哪里去？

我也常常问自己，梵·高的《向日葵》与现实世界的向日葵加起来就是一棵完整的“向日葵”吗？答案是肯定的。也就是说，梵·高找到了“向日葵”的另一半，因而梵·高之于向日葵是幸福的。并且，也带给了我们幸福、愉悦。

二

我的家乡屠家田的另一半在哪儿？

我曾为我的家乡屠家田写过一篇文章——这是否就是我手中探寻屠家田的另一半的那根树枝？我总感到现实世界的屠家田与我的散文《屠家田》加起来好像仍然不是一个完整或完美的屠家田。我在《屠家田》中写道，时间早已将一切掩去，让一切成为屠家田上空的尘土．在飞扬、在呛人。因而我总是认为我的家乡及亲人们对屠家田什么也没抓住。好像悬浮着，悬浮在现在的屠家田的上空。

我知道，我也没有抓住。那么现实世界的屠家田是我的祖先选择的结果吗？答案当然也是肯定的。但关键这个肯定的结果让人看不到来路。回身一望，一片茫然，甚至有些不知所措。如果我是梵·高，我也许能画出屠家田的模样，但我不是梵·高，我也不是罗中立，画不出《父亲》。我父亲的身影虽历历在目，但我就是画不出，无论我怎样努力，每当我拿起笔时，他就溜走了，一片模糊，这类似于当年父亲教我吹口哨，无论父亲怎样示范，我撮起的小嘴吹出的只有笨拙的风，没有动听的音。其实，到现在我仍然不会吹。这方面我有些像米勒，米勒在他的《呼吸秋千》中说他一直也没学会吹口哨。但他吹响了《呼吸秋千》，并通过《呼吸秋千》“吹响”了那个悲壮的年代。

同时，我更不是列宾，画不出《伏尔加河上的纤夫》，那十一个饱经风霜的纤夫让世界难忘。我的家乡屠家田没有河，只有一个湖——泊湖。河与湖的区别，一个是流动的，一个是静止的。泊湖是静止的，但泊湖岸边仍然有步履艰难的纤夫，在那个年代，他们的身影虽也蓬头垢面、衣衫褴褛，但他们的形象在我这里也无法清晰起来，甚至也是模糊的，一种刻骨铭心的模糊。

这是不是一种饥饿——我忽然就想到了饥饿这个词。但我无法攀到《呼吸秋千》中的主人公雷奥在饥饿时达到的“工厂大门像炒鸡蛋，卸煤站像蒸过的辣椒，炉渣堆上的炉渣像番茄汤，冷却塔像煎茄子，迷宫般的蒸汽管道像香草球，野草间的沥青块闻起来像是蜜制榅桲，焦炉组像是甜瓜。就连风都能慰藉饥肠，它舞动着的食物清晰可见，绝无丝毫虚妄”的高度。这种“绝无丝毫虚妄”的“虚妄”让我不得不承认，我的这个饥饿是虚妄的，我的家乡给予我的感情饥饿是浅表性的。像浅表性胃炎，只要认真调理数月，即可恢复。

其实，到目前为止，我并没有去想这些。我一直还停留在为这篇文章题目里面的“家”字犯愁。我是应该把它写作“家”字还是应该把它写作“旮”字？从字音上来分析，在我们这里，我的祖先给出的发音是“gā”，而非“jiā”。那么，能将音与义统一起来的，只有“旮”较为匹配。

古人认为院内有猪就是“家”，可现在我的家乡屠家田的兄弟姐妹、老叔老婶们，其院内有猪的已相当少了。时代的发展让以“豕”为“家”的这个标志已不再具有标志性。而“旮”的意义在我的家乡似乎仍坚定地存在着，无论怎样发展，我的家乡仍然蹲守在一个角落里，春来暑往，那些野草铺天盖地，那些田地翻来覆去。只是多了寂静，少了暖和，多了茫然，少了时不时传出的阵阵笑语。我知道，这些都是家乡的小伙姑娘们走出“旮”时扔下来或者说留下来的，有些像当年父亲种地时扔掉的一块瓦砾或石子。

我在散文《屠家田》里继续写道，世间有多少城市不是由一个个村庄演变而来的？比如石家庄，比如香港……当然有些村庄能演变为一个城市，甚至是大都市，而有些村庄永远只能是村庄。比如屠家田。

写到这里，我突然想到家乡路边随处可见的那些灌木丛——矮脚黄荆。它长不高，永远长不高，但它却有着那些已经长大了的柳树、苦楝树无法企及的高度，那就是“耐旱耐瘠，在酸性或碱性土上都能生长良好”，且其果实具有“祛风解表、化痰止咳、理气止痛”的功效。

这也是一种选择的结果吗？但这不是我的选择，而是“物竞天择”，是一种生存法则！

我的家乡还有一种植物——金樱子，属蔷薇科。田埂地坝到处都能见到，小时候，曾以此为零食，其又酸又涩又略带甜味，让我记忆深刻。其实金樱子同样也有许多药用功效，比如利尿、补肾，叶能解毒消肿，根能活血散瘀、拔毒收敛、祛风驱湿。

金樱子和矮脚黄荆都无法长高、长大，但它们仍然在生长，年复一年，且其药用价值被人们广为接受并传播。昨天我侄女打电话来告诉我，有许多人在她那里收购金樱子，价格不菲。

我常常对自己纳闷，那不招我待见的矮脚黄荆和金樱子们为什么在我的脑海里那么容易且十分清晰地浮出水面，而与我朝夕相处的父亲却怎么也清晰不起来，那些纤夫也是如此。这是不是有点与哲学家蒂利希所说“艺术所要呈现的是无论如何与我相关的事物”的话相违背？

泊湖

一个湖能泊在某个地方吗？我在另一篇散文里这样问自己。我只能问，而无法回答。因为我不能代替一个湖说话，代替一个湖说话的只有湖本身——即便是梭罗面对的瓦尔登湖也是如此——而湖从来不说，湖只是冬季枯、夏季荣，默默地流淌，默默地前行，“不舍昼夜”。

从这方面来说，不能“泊”的湖被叫作“泊湖”就是湖边子民的美好愿望了。这个愿望实际也是一份牵挂。

我在这里说的是我家乡的湖——泊湖。泊湖的确一直是“泊”在我的家乡，惯看秋月春风，千年不变。变化的只有两岸的青山，只有沿岸的由它养育着的一代一代的子民。从这方面来理解，“泊”就有了坚守的意味了。

泊湖横跨皖鄂两省，从安徽望江县华阳镇境内进入长江，应该是长江在此长期形成的一节“盲肠”。当然，我这个结论也是猜想的，没有去考究，因而没有科学根据。但有时候没有科学根据甚至是伪科学的猜想却很符合逻辑思维。就如卡尔·波普尔在他的《猜想与反驳》中所说的

“科学时常弄错，而伪科学可以碰巧触及真理”。仔细想来，的确不无道理。泊湖在它形成之初应该与长江是一个整体，其在历史上与不远处的雷池也是相连的，一脉相承。有史料记载：雷池，由雷水汇积而成。雷水源出湖北省黄梅县境，经宿松入泊湖，串湖后流至望江县城东南 15 公里处积而为池，故曰雷池——当然这个 15 公里我有些不认可，似乎是今人添加上去的一句“史料”，应该不可考，也不可靠。但无论是不可考，还是不可靠，均告诉我们一个实事：泊湖长出了雷池，或者雷池是泊湖的一部分。现在来看，是已然消失的那部分。

雷池，是一个很多人都十分熟悉的古地名。当然也是一个今地名，只是“今非昔比”。今天的望江县境内，专门有一个乡叫雷池乡，我不知道这样叫是不是为了延续历史，或者让后来的我们永远记下这个历史。但我感觉到这样的一个历史无疑是一个水土变化的历史。

我一直认为这个世界除了水土，别无其他。历史的变化终究是水土的变化，水将土冲走，土将水堵住。所谓水来土吞，沧海桑田！这就是兴衰，这也就演化出了成王败寇、折戟沉沙。

写下《登大雷岸与妹书》的鲍照当年具体是在哪个地点登岸？同样无从稽考。其实也没有人去判断，只是我在这里随便一问。

望江在古代称大雷戍，因而大雷岸现在看来在鲍照的这篇文章中已由实指演化成一个泛指。依现在的地域划分，望江县境内长江岸线 65 公里，且时过境迁，鲍照所登大雷之岸或早已淤积为洲，离开长江数十里养育着它的子民，或已崩塌至江心，被历史的沉沙埋入江底，等待着后来者挖掘。但不管是哪一种，我想均已成虚，成了一个美好的胎记。

而胎记，又没有哪一个人是虚设的，它会实打实地伴随一个人的一生。这有可能就是望江人总是以已经成为一个符号的雷池为骄傲的原因，始终在“不越雷池一步”这个成语里居住，如温峤没能也没敢跨越这个“雷池”。

积而成池，池而不可越。这是望江人在感到骄傲的同时又感到心头有了这么一个让人堵得慌的结，我姑且把它叫作“温峤结”，难以解开。

这个叫雷池的池子到底隐藏着多少惊雷？没有一个人能回答上来，县志也没有做出具体而准确的表述。因而我们每每在向来客解说时只能远远地向着今天雷池乡的方向无奈地比划着，连我们自己也不知所云。雷池因而“雷声大，雨点小”，“雷”似乎自温峤以后已不再受“惊”，甚至就没有了“雷”，“温峤结”因而与这个“雷”及温峤一起被历史封存。即便是划出面积达一百余平方公里的一个乡也仍然找不到它的踪迹。正如我在一首关于雷池的诗中描述的那样“到处都是棉花 / 到处都是地里那劳作的人群 / 仿佛嘴边的空气 / 仿佛远处江上起伏的涛声 / 细碎、从容、闪着粼粼的波光”。

我想这些无边无际的棉花是否系雷池蝶化而成？

——雷池总是这样不断被像我这样的人追问，雷池也就在这样的追问中不断风化，月亮似的，风化地闪耀着它那虚拟的粼粼的波光。

相对于雷池，泊湖——从某种意义上讲，诞生了雷池的泊湖是个实体，实实在在地存在着，虽波澜不惊，但也是一碧万顷，渔歌互答。事实上，泊湖经过千年的咆哮，已然沉静下来，不会再去惊动他人，当然也就在原地不被他人惊动。似乎有一种被忽略的感觉始终笼罩在泊湖的上空，像现在正在泊湖湖面上飘荡着的雾，像雾中沿岸的子民，朦胧着自己，也朦胧着自己怀抱里的一切。

这是不可承受之重还是不可承受之轻？昆德拉也不一定能回答上来。这也是我心中一直被朦胧着的一个结。也是“温峤结”吗？

没有温峤，也没有鲍照、庾亮，泊湖在我的记忆中，始终只有它那裸露在两岸丘陵上贫瘠的黄土地，黄土地上瘦瘦的稻穗，只有不为人们记住的夏日里蓬勃，寒冬里枯萎下去的蒿草、麻皮草甚至狗尾巴草。麻皮草学名叫苦草，它给人一种麻赖赖的感觉，我因而还是喜欢叫它麻皮草。麻皮草为什么叫苦草？是不是它味苦？即使是20世纪70年代，也没有人去尝。我只记得，大人们整船整船地将苦草从泊湖深处拉出水面，然后在阳光下曝晒，然后用于烧饭。记忆中它燃烧得特别快，转瞬即逝，燃烧的灰是黑的，烟也是黑的，远远就能看见，特别呛人。由于常常用这种麻皮草做饭，我母亲的眼圈被熏得长年泛红，早早地失去了光泽。我常常想这是不是由于它系泊湖湖底那黑黑的淤泥里长出来的缘故？这可能也是麻皮草难以跨越的一个“结”。随这些麻皮草一起生长的还有一种水产品——蚌壳，三角形和牛头形，因而有人叫它三角蚌或牛头蚌。我不知道它是否是泊湖特产？三角蚌能养育珍珠。20世纪80年代初，许多珍珠养殖户会集到泊湖边收购这种河蚌，记得那几年我的二哥三哥四哥一到冬天就十分兴奋地与左邻右舍的伙伴一起背着特制的箩筐、穿着齐肩的皮裤下到泊湖去摸那种能育珍珠的三角蚌。一天下来，能摸十多元，那是多么令人激动的事，十元钱在那个年代可不是个小数！

我不知道这些三角蚌后来走向了哪里。它似乎没有遂泊湖人心愿“泊”在泊湖里，而是跨越了“雷池”，在“雷池”以外闪耀着它的光芒。像我的二哥。他是否也与那些蚌壳一起育成了珍珠，在天堂闪耀着他的光芒？

我的二哥在他36岁那年离开了我们，未能再与三哥四哥一道下到泊湖深处摸三角蚌、拉麻皮草。这与三角蚌有关吗？时隔20年，站在这个冬日里的泊湖岸边，我回答不上来，但我二哥背着箩筐笑呵呵地拿着三角蚌的影子总是清晰地立在我的眼前，甚至比眼前的一切更为真实。事实上，这种三角蚌像我二哥的脚印，不再“泊”在泊湖里了。“泊”在泊湖里的只有人们不再需要用它烧饭的麻皮草和育不出珍珠的牛头蚌。

“要看见眼前的事物是多么难！我贴在地面步行，不在云端跳舞。”我现在才真正理解了维特根斯坦的这句话。说实在的，我在泊湖岸边出生，喝泊湖水长大，从哪一个角度讲都是贴紧了泊湖的地面。但我确实看不清眼前的泊湖。包括刚才从我身边走过去的我的同乡，尽管他在向我打着招呼，但还是想不起他是谁。可是我二哥却总是坚决地呈现在我的眼前，就像雷池与泊湖在望江人的心中一样，是两种截然不同的情况。或许，真实的东西也总弥漫着雾，无法看清，而雾本身却让我们不断去凝视，它反而那么清晰、那么真实。

雷池恰恰是个虚拟般的雾，虽不可越，但却在“云端跳舞”，在云端演化并以这样一种方式演绎着存在。这是不是泊湖的本意？

我感到“泊”与“不越”实际是暗暗地契合着什么、关联着什么。

屠家田

一个地名自然代表一个地方，代表一个地方说话，或者说一个地名总能衍生出一个地方，与一个地方血相通、肉相连。但一个地名又总是与一个地方相脱节，似是而非，似非而是，血肉关系实际表现出来的却不是十分关联，甚至相差十万八千里。像一场马拉松比赛，许多地名总比地方跑得慢，总是尾随在地方的后面，有时落后了许多。但我认为它们更像田野里长出的稻子，它的外壳与米粒的关系。米粒那么香甜，而呵护它的外壳却是粗糙的，难以下咽的，乃猪之类家畜的饲料。当然，在饥荒年代，人肯定难以吃上这个本应该属于猪才吃的东西。

“歌声使秋天金黄 / 突兀的稻茬 / 散发着淡淡馨香 / 但它抓不住自己的果实 / 仿佛这旷野的歌声 / 不由我唱出 / 却由我收获”。这是我多年前所写的一首诗中的几句。抓不住自己的果实，对于界定地名与地方的关系，应该更为确切。

我的家乡，一个名叫屠家田的地方似乎也十分适合这个比喻。不由我们唱出的屠家田，却由我们收获了。我不知道我的家乡及家乡的亲人们抓住了什么？

从文字上看，应该与姓屠的多少沾点关系。可方圆十里之内，连一个姓屠的女婿都找不到，哪来屠姓一说！实际上即使有屠姓在，那又怎样？对于屠家田来说那不仍然是难寻寸丝半粟吗！时间早已将一切掩去，让一切成为屠家田上空的尘土，在飞扬，在呛人。因而我总是认为我的家乡及亲人们对“屠家田”什么也没抓住。

什么也没抓住是不是什么都抓住了？这应该是个哲学问题。

我不是哲学家，我也没有去研究哲学。但我喜欢看我的家乡屠家田的村头终年挺立着的那棵哲学家般的大柳树，几十年了，大柳树既长碧绿的叶片，也长灰褐色的枝杈。那些叶片年年飘散，年年不知所措地落在水沟里、水塘边，再远一些的也就被风吹到了不远处的田野里；如果再从田野里望过去，远处也就是一望无际的湖泊——连接皖鄂两省的泊湖。一个湖能“泊”在某个地方吗？一个“泊”字让这个湖周围的村庄以及村庄的一切一下子就有了千年的意味。这个意味让湖与村庄一起“泊”着，一起静悄悄地蹲守。从春天一直蹲守到严冬。泊湖因而波澜不惊，因而静影沉璧，泊湖的水因而夏天深冬天浅，有时甚至浅到人可以直接踩在夏日里蓬勃、一俟冬天就枯了下去的松软的麻皮草上走到对岸。

我们这个地方每个姓氏家谱的谱头几乎无一例外地告诉后来的我们，是明洪武年间从鄱阳湖瓦屑坝迁徙而来。我们当然就是其中之一了。但在这以前，这里是个什么样的地方，各家谱头都没有表述。或者由于是移民不清楚原来的情况，又没有去考究，干脆就不做表述。就像这个屠家田，突兀地存在于这个地方，没有来路，也没人去管它的来路。所谓“突兀”当然是我的想法。实际上，那个叫瓦屑坝的地方也一直是在那里突兀地站立着。有人曾专门去考察过，最终也无功而返。所以，我们这些被迁徙的人什么也不是，两头空着。“屠家田”因而被我总结出一个结果：像一块飞来石“很孤立地突然”。

——“存在就是合理”？对这条真理，因为我的家乡屠家田的缘故，我突然有些迷惑了。

是不是世间的事大都没有来路？没有来路的屠家田让我们一辈又一辈人很懵懂，找不到任何蛛丝马迹，名不正、言不顺似的。仿佛我现在正在走着的这条乡村小路，猛然往身后一看，满是荆棘、狗尾巴草，路没有了、消失了、被狗尾巴草吞没了。好像我们不是从这条路上走过来的，而是从天而降。

作家刘震云在长篇小说《一句顶一万句》中通过主人公杨百顺告诉我们：世间的事情原来都是拐着几道弯的。杨百顺先是被“拐”成杨摩西，然后又被“拐”成吴摩西。叫杨摩西尚能理解，叫吴摩西就连他本人有时也有些不知所云了。我不知道我们的屠家田一共拐了几道弯？肯定是哪个弯拐急了点，让我们的祖先一时转不过来或者没来得及留下一些痕迹，转不过来或没来得及留下一些痕迹便容易让后面的人失去目标，甚至会出现交通事故。

是什么东西让我们失去了目标？对于屠家田来说或者对于我们来说可能是个死结，解不开了。我的一个朋友曾想帮我解开，他很有兴致地告诉我应该是“度”家田，普度众生的“度”。我想这也太过牵强了，即便是讲故事也不能这样讲！

其实解不开也可以不用解。世间有多少事能解个清楚明白？解来解去，看是解开了，实则滑稽。后人能认可吗？比如我们认可屠家田吗？我们实际上只是被动地接受，品尝时就觉得干巴巴了，味同嚼蜡。

“这条河在沙漠中结束生命！一条河，不汇入任何水域，把自己最好的水和最好的动力就那么一路分送给萍水相逢的朋友们。”索尔仁尼琴在他的《癌症楼》中的描述更加坚实地证明了这一点，证明了屠家田或许早就将它“最好的水和最好的动力”一路分送给了我的一代又一代的祖先。

……天有些麻黑了。麻黑就是既不黑，也不亮，给人以恍惚的感觉——我忽然想到屠家田给我的就是一个麻黑的感觉。

实际上，这个时候太阳已经西沉，月亮尚没有出来。这样的境况只有乡村才能见到。城市的夜都已被早早到来的灯光消解了。城市有灯光消解黑夜，而乡村就只能靠吸收了一天的光亮的湖水或土地、庄稼来释放光亮进行消解。这样的消解持续时间不长，很快就会黑漆漆一团。好在我已经来到了村口。说是村口实际上是一条乡亲们出门劳作的小路。每一个村庄都存在着多个这样的村口。比如屠家田就有四条：一条是进村的路口，一条是出村的路口，一条是去池塘洗衣挑水的路口，一条就是我正在走着的劳作的路口了。这么多的进出路口怎么就没有一个路口让我走进去看清屠家田的来路呢？

记得这条路到达村口时原本有一个坡，现在没有了，岁月已经磨去了村庄的高低起伏，磨去了沟沟坎坎。实际上，由于区划调整，屠家田这个名字也再一次进行了更换，改叫南台。而村庄也基本没人居住了，村民亦即我的乡亲们大都搬到了路边，很时尚地沿着公路一字排列，俨然一条街道，许多妇女跳着广场舞的那种街道。原来的村庄已经成了一枚实质性的蝉蜕，被抛弃一般委屈地一动不动地躺着。我想再过若干年，这里不知是个什么所在，它会叫什么呢？

严格地说屠家田早就被抛到了一边。只是，它是被我的祖先抛弃的还是被我的父老乡亲抛弃的？我说不准。但有一条是准的，那就是屠家田早就是一枚蝉蜕了。尽管我们在其间日出而作，日落而息，尽管在朋友问起家乡时，我总是毫不犹豫地回答我的家乡叫屠家田。

或许，真正的屠家田早就不存在，没有消亡地消亡了。我们只能借着屠家田这个名字的光，现在是南台这个地名的光生活、生存，东奔西走。

小蒜

早晨上班，突然闻到了小蒜的香味。是从隔壁邻居家飘过来，还是前面那个农家土饭馆里飘过来？虽有些小心谨慎，但似乎又是慌张地扑鼻而至——它也在找我，或者在找类似于我这样的人？我甚至还来不及回味一下，它就迫不及待地沁入了我的肺腑，将我震慑住了。

我感到“理屈词穷”。因为我的妻子在后面笑话我，并叫我认真描述出来。我知道，无论我进行怎样分辨、绞尽脑汁，也描述不出这个香味具体之一二，更别谈什么细枝末节。我甚至想到，即便是宋玉运用他在《登徒子好色赋》中的那种“增之一分则太长，减之一分则太短；着粉则太白，施朱则太赤”的方式也仍然“势单力薄”，听之者肯定会不知所云，甚至有“弄巧成拙”的可能。

也许，世间美好、美妙的东西是不允许描绘及复述的。大自然只让我们知其然，而认为我们不必知其所以然。

这是不是许多美好的东西寻找不到答案，因而始终寻找的原始原因？从这方面讲，小蒜是不是有些离经叛道呢？

小蒜，在我的家乡实际不需要寻找。早春时节，二月、三月的天气，百草还未真正发芽吐翠，田埂上、地头上，河堰的堤坝处，甚至就是祖母的坟头上，类似祖母的头发，一蓬一蓬的长着，碧绿着，壮硕而蓬勃。

小蒜是不是与大蒜相对？我不太清楚。偶尔上网搜索，发现小蒜叫薤，又名藠头、野蒜、野韭等，百合科，葱属，多年生草本，叶浓绿色，呈细长管状，鳞茎球形，类似洋葱，秋季抽花茎，伞形花序，花小。药用有理气宽胸、通阳、祛痰功能。

这前半部分的描述符合我小时候的记忆。但我可以肯定，后半部分，即便是我家乡的父老乡亲对遍野都生长的小蒜还有如此多的药用功效一定不知情。

小蒜除了它上述的药用功效外，其实是一个有着相当争议的物什。北方人、闽地人均不喜食。且北方人对小蒜有畏惧感。乐府诗中有薤露歌："薤上露，何易晞。露晞明朝更复落，人死一去何时归。"据说，薤露歌是送达官贵人出殡时唱的，乐府诗中还有一曲，叫蒿里歌，蒿里歌是送士大夫、平民出殡时用的。

而在我的家乡则与此相反。记得小时候，特别是农历三月三，家家户户都要做米粑。我的家乡把农历三月三称作"鬼节"，而非通常意义上的七月半。老人们说，米粑掺杂上小蒜，就是打鬼粑。所以农历三月初三，我们孩子都要到田野里、山坡上去扯小蒜，回家给母亲做小蒜粑。我们只采撷其细如管状的叶片，而非北方人，弃其叶片，挖它的根茎。

这应该是文化的差异使然。文化让我们拭去了对小蒜害怕的感受，拭去不知什么朝代附着在小蒜上面的惧怕意识，让它与我们亲近些、清纯些。据说北方人认为小蒜长在坟头上，像坟头草，风一吹，有悲愁之状，他们因此将它与死神联系起来了。

我的家乡为什么与此相反？喜爱它不说，还用它来打鬼，认为它有打鬼的功能。即便是坟头上长出来的，也不惧怕，仍然会顺便扯下来放在裤兜里带回家。

只是年代久远了，打鬼已成了一个象征。我只记得，熟了的小蒜粑其实特别香。小蒜一节一节地镶嵌其间，特别经看、耐读。嚼起来，其清香在齿间游动，其甘味在喉头萦绕。忍不住，总是不断咬下去。一般的劳力吃它十个八个的是常数。元代农学家王桢曾说："薤，生则气辛，熟则甘美，食之有益，故学道人资之，老人宜之。"我想王桢可能是吃了小蒜粑后得出来的结论。

吃小蒜粑不要菜，捏在手上就能吃，方便。小孩子把小蒜粑揣在兜里，砍柴时、上学时，饿了就拿出来吃一口，大人们把小蒜粑拿在手上，边走路边吃，甚至边挑担子边吃。这也可能就是那时的妇女们动不动就喜欢做一大锅小蒜粑的原因之一。大家早就忘了它是"打鬼"用的。

我一直对古代文人纳闷。很平常的小蒜，造个"薤"字，许多植物上都有露水，太阳下面都容易晒干，为什么就是"薤露"易干？如果不是网上有图片，且说出了它的别名，我就是想个一天半宿的，也想不到它会是那么接地气的小蒜。其实，不仅小蒜，就是平常的白菜，文人们把它叫作"菘"，古人有"早韭晚菘"之说。又比如萝卜，《尔雅》称其为"芦菔"。如此等等，让我等平民云里来、雾里去。看来古代的文人的确是不接地气的，让百姓们感到其高高在上。其实，史书上记载的，文人们"之乎者也"的，讲的都是一个东西、一个理。而这个理实际是老百姓在日常生活中总结出来的理：一方水土养一方人。只不过老百姓做事，文人们总结而已。总结出来后，还不让老百姓明白。其实，老百姓也没管这些，他们从古至今，一直认真地吃着他们的小蒜。

与古代中国文人相对，外国的文人写的就浅显得多。索尔仁尼琴在《癌症楼》中曾这样写道："世上每一个地方都为人安排好了一切，只是需要人去了解和掌握而已。"

小蒜就是上苍为人类，也是为我们这个地方的人安排的。我们了解了它、掌握了它。记忆中，小蒜煮鲫鱼、小蒜炖鸡蛋也特别好吃，母亲说，无论是小蒜煮鲫鱼，还是小蒜炖鸡蛋，其实真正好吃的仍然是小蒜。

苦菜花

从没看见过一棵自然老去并因此枯萎的苦菜花，也就是说，在故乡，我从没见过一棵苦菜花像其他植物一样在田间地头以那种长满了果实然后凋零的姿态出现在我的视野中。在我的记忆中，每年春季即青黄不接之际，苦菜花便恰到好处地茂盛地诱惑人似的飘扬在田沟里、地坝上以及稼禾之中。是的，的确让我感到苦菜花在飘扬，甚至有些飘逸了。那些嫩黄的花朵在春风中细细摆动，那可人的茎远远就看得见、闻得到，甚至摸得着。

这并不是因为苦菜花有什么清新幽香在飘散，而是因为我们一帮挖野菜的小伙伴的思绪在飞，是我们思绪的飞扬让它产生并散发出了幽香，那种只有在那个时候农家灶台上才可能有的苦涩而清新的香味，似乎有些甜中带苦，那么执拗、坚决地植入我们的肺腑之中。

苦菜花在我的家乡叫黄苦菜。之所以有个黄字，我想应该是因为它那似乎总是盛开着的惹人的黄花。乡村的早春，元宵节过后，记忆中，开花的植物应该少之又少，一切都是一种刚刚醒过来的婴儿的模样。我们似乎也是刚刚醒过来的找奶吃的婴儿，与从天而降，一夜之间长成了可人模样的苦菜花不期而遇。黄苦菜醒过来的第一件事是寻找我们吗？黄苦菜是植物，与我们不同类，存在“隔”，植物与人类的这个“隔”让我的这个想法有些一厢情愿，但也并非此路不通。我感到黄苦菜始终醒着，醒着就是等待，一路惹人爱般等待我们。实际上，不管愿意不愿意，黄苦菜那时已然成为我们当时生活的一个亮词或一个生活的支撑点。我不知道作家冯德英在创作长篇小说《苦菜花》时，在与苦菜花不期而遇时，是否有过此一感觉，但一个事实是，那些在春风中摇晃的苦菜花在作家冯德英笔力的支撑下变成了一幅幅“醒目”的女性群像图。

我没能找到作家冯德英那样的感觉，因而我写不出长篇小说《苦菜花》，这可能就是唐代青原惟信禅师所说参禅三种境界中的最低境界：见山是山，见水是水。那个时节，在我的世界里，一门心思、一个念头只有黄苦菜，它能吃，能每天充当好几两米，因而我和小伙伴便一棵一棵用小铲刀将其“讨”回家——我清楚地记得，小时候父母叫我们帮猪等牲畜找食物，并不如经典黄梅小戏所唱，叫“打猪草”，当然也不叫割、不叫挖，而是叫“讨”猪菜。一个“讨”字承载着我的祖辈对自身切肤的悲悯，对大自然的无上敬畏！那长在杂草丛中、稼禾丛中、田沟地坝上的黄苦菜包括被我们一同“讨”回家的蒲公英、紫云英等并不天生就属于我们人类的，我们只能是小心翼翼地“讨”，只能通过“讨”这种谦卑的方式向大自然小心、谦慎地取。我知道，大自然有多沉重，这个“讨”字就有多沉重，大自然有多灵光，这个“讨”字就有多灵光。

这灵光的背后让我现在回过头来想，那个年代我们也还有些生在“福”中不知“福”的味道。虽然这个“福”要打上个一个十分沉重的引号，且让我们免不了要打个寒战，但也并非虚假。黄苦菜也就是苦菜花、蒲公英、紫云英、车前草，还有金樱子和矮脚黄荆，这些哪一样都是上好的药材。资料显示，苦菜花全草入药，能清热解毒、泻火、凉血、活血排脓、止痛、调经。用苦菜加水煎汤，代茶饮，可帮助治疗急性细菌性痢疾；苦菜煎汤中加少许酒冲服，可治疗尿血……是它们包裹着我们，养育着我们，保护着我们。我常常想，真是一方水土养一方人。我们一群小伙子，甚至还有大人，每天都到田间地头去“讨”，每天都能“讨”到一竹篮黄苦菜，似乎“讨”不完。这不是大自然冥冥之中的保护是什么！正如索尔仁尼琴在《癌症楼》所说：“世上每一个地方都为人安排好了一切，只是需要人去了解和掌握而已”。这样些可口的食物现在怕是哪里也难找到。

记得那时，“讨”回家的黄苦菜，洗净后，还需要用开水焯一下，然后进行揉搓，搓去那些苦汁。那些似乎是我们承受不了的苦，大自然允许我们用水洗去一些——水总是能洗去我们不想要的成分——剩下的就是我们应该承受的了。这样的苦穿梭在田间地头、锅碗瓢盆之间，在烟火熏绕的灶台之上，在大口大口狼吞虎咽的齿缝之中。这样的苦不仅恰到好处地喂养着我们，照亮着我们，甚至也照亮着整个人类。

苦能洗去！现在看来的确是一条真理。

苦同时也需要洗去。我们不仅能洗去黄苦菜的一些苦，我们还洗去了那个年代的一些苦，甚至还能洗去人作为存在者的苦，这当然是一个哲学问题，我没权利细说。不过，洗，肯定不可能天翻地覆一般，无论如何，苦仍然存在着，也保留着，隐隐约约的。或许正因为如此，黄苦菜才在田间地头飘散，才在我们的灶台上飘香。这种飘着香的苦，我感觉有如柏格森在其《创造进化论》中所说的“存在于从一种状态过渡到下一种状态之间的通道里”。

我们应该永远都会在这个通道里面。我们仅仅是不断地过渡到了下一种状态而已。下一种状态仍然需要黄苦菜？我感到需要黄苦菜的“苦”。近些年，每次回到老家或老家来人，我都要叫我的侄儿侄女们帮着“讨”几碗黄苦菜。

是在“讨”苦吗？

但说句实在话，侄儿侄女们现在帮着“讨”来的黄苦菜已没有了原来的那份苦了。我常常责怪妻子放多了油或焯的时间长了些。妻子无奈地按我的要求改过几次，但无济于事。现在看来，即便不焯一下，不放油也仍然没有了那种香香的沁人的苦味。

是我的感觉迟钝了？我不得而知。按常理来说，毕竟很长时间没吃这些苦菜花，感觉应该更为敏捷，更为尖锐，更加容易“对接”上。

我不禁哑然，对人类自身的哑然。

千方百计地避开“苦”，却苦于避不开。千方百计地寻找“苦”，却苦于找不到。当然，这“避不开”与“找不到”均不影响黄苦菜在田间地头的生存与生长。这种生存与生长与柏格森在其《创造进化论》中所说的“过去或许每时每刻都跟随着我们”是相通的。

远远望去，黄苦菜仍然是茁壮的，那嫩黄的小花仍然在春风中惹人地摇曳。

跟着一枚秋叶飞翔

我一直固执地认为秋天的树叶不是随秋风飘落，而是跟秋风一起飞翔，那么不顾一切，那么勇往直前。比此刻在田野上散步的我们更加坚定沉着。因为没有谁能为秋叶设计一幅回家的路线图，或许，这种飞翔本身就是一种回家的方式。有哪种飞翔不最终回到地面？从这种意义上讲，树叶一长出就开始了它飞翔的一生。因此，它现在开始沉静，向下、一直向下，就在不远处将自己坦然地抛在池塘里、草坪上，甚至就在你我的脚边。即便是纷纷扬扬，也不叽叽喳喳，像这身旁的溪水，夏季里肆无忌惮的溪水，此刻开始下沉，开始慢慢向东流去，也不停留，不徘徊，无声无息。有声有息也那么悦目赏心。

它能在什么地方停留？谁也不知道，也不必知道。

秋风一阵接着一阵，将路面上的尘土卷起，将旷野上的野花野草一再摇动，同时也一再使这些野花野草尽情绽放，沁人心脾。秋风是在提醒什么，还是在寻找什么？我一直想不出，也想不通。或许这就是人与世界的距离，也是人与自然的鸿沟所在。有了鸿沟因此就有了一切。

我自然也在这一切之中。虽然，我找不到这鸿沟，但我就是有这种感觉。我不知道这些树叶是如何挣脱它的树干的，正如我不知道这些树叶是如何被它的母亲孕育出来一样。事实上这种挣脱准确地说是一种放弃，一种守卫式的放弃，那么自在，那么不可阻拦与忘情。也许它要在此时才能发现自己是存在着的，蓬勃而出。此前的岁月似乎是一段空白，郁郁葱葱、伫立眺望地护拥着树干，让树干向着天空伸展，向着天空绽放。在这种空白之中，我感觉最深的就是这些树叶在正午投下的荫影而并非它的绿。荫影事实上就是阴影，只是荫影让我感受到清爽，而阴影让我感受到这些叶片已然不是叶片，而是什么也不是的灰暗。

这似乎是在篡改。是这些叶片篡改了这一切？我不知道。夏季里知了一直鸣叫着，现在已然不多见的水牛在这荫影下卧伏、反刍、甩动它的尾巴。我知道，打工潮的上涨、现代化的快马加鞭使水牛在劳作的田埂上渐渐隐退，无可争辩这是种进步，只是这种进步同时似乎总在不断地丢弃什么，让人免不了要不断地思想。

偶尔也有风——事实上我更愿意叫它热气——迎面袭来，叶片抖动着，不离散，偶尔发出响声，但那是一种碰撞，叶片与叶片之间的一种对抗，树叶唯一能做到的就是这种对抗，声音很小，很容易被知了的叫声覆盖，但它仍然是一种声音，一种自身感受不到却给别人以震撼的声音。不像此刻，那挣脱树干的响声在空中飞舞，一片接着一片，一阵连着一阵，虽只是一瞬，却从容、毫不掩饰，给人一种舒展的感受，一种质朴和沉着，一种向下却又是那样坚定地向上的感觉。

万物都要在这时才有这种水落石出的感觉吗？向下与向上在这里得到统一。这一点我无法做到，很多人也都无法做到。史蒂文斯《相反的命题》是否就是描写这片炉火纯青的树叶？

太阳已在西天的下半部了，树的影子已被拉长了许多倍。由于没有了夏季里蓬勃的叶片，光秃秃的树枝显得更为纤细、孤独和无助。是想与刚刚挣脱下来的那片树叶亲吻一下吗？此时，那片树叶在我的影子与树的影子交汇的地方打了个旋涡，飞走了。

树的影子又长了一些……

我常常想，树的生长需要树叶一次又一次地放弃，一次又一次地飞翔。这是树的全部，也是这些叶片的全部。树因此挺拔，因此昂然，因此不断向秋天的深处走去，迎接霜，迎接一场连着一场的冰雪。这多少有些感人，也多少有些让人感伤与悲壮。就像那些真理，一层一层将谬误拨去后，直挺挺地站在那里，虽在北风的吹打下摇晃着，但他孤傲，似乎有充分的理由和信心以它光秃秃的枝丫直插天空。

这些叶片飘下来，便伏在草上，一动不动了。这些不肯离去的节节草，已经发黄，即便如此，也不愿走开半步，匍匐着守卫自己向四周蔓延的根茎，直到它彻底化为泥土。植物与植物是如此相像，却又是如此迥然不同。

我不得不停下脚步，俯身暂时清理一下缠在我鞋上裤管上的已然枯下去的节节草。我不知道这些节节草是什么时候缠在我的裤管上的，我知道它并不是有意要告诉我什么。告诉的总是无能为力的。

络绎不绝的车辆不断地在不远处鸣叫着，它们相互提醒，相互让开一条小得仅能擦身而过的通道。尘土就在这条通道的上空飞扬着，让人咳嗽，让人眯缝且竭力瞪着自己的双眼。

“夏日与冬天相互摧残 / 在这片很容易看到尽头的水域 / 每年如此 / 开出花 / 馨香而又鲜嫩的花 / 总只蓬勃一个季节 / 尔后便被秋风带走 / 岁月的足迹如此重叠！”这是我几年前为这片水域写下的一首诗中的几句。

诗仅蹲伏于我记忆的拐角处。也许没有人能够想起它，这是在它诞生时就已决定了的事实。像我此刻从地上拾起的这枚刚刚被吹过来的叶片，离开树枝后就有些泛黄了。我几乎没有领略到它有半点疼痛的感受。它重新被我拾起审视时也未能见到它有什么有别于其他叶片的表情。这不是麻木，而是一种境界，一种飞翔的境界。

我知道许多人无法做到这一点，我更无法做到。即便是此刻悠闲地散步也是一种表象，一种掩饰，甚至是一种演示。演示给谁看？好像谁都不是，又好像谁都是。

“鹰有时飞得比鸡还低，但鸡永远也飞不到鹰那么高。”这是我昨天夜里在一本书中看到的一句话。这句话适合这片树叶，更适合这些灰尘。这些灰尘比我的步伐更为沉重，总围在我的左右，飞起又落下，持续一分钟、几分钟，然后覆盖在一切物体之上，不肯离散。

只有这些叶片，在我身后宁静地飞翔，目送从这里散步走过的每一个人。

汨罗江

一

坦白来讲，我从来没有到过汨罗江，也不知其根系有多深、土层有多厚、泥沙有多沉，假如我一桨下去，搅动的不知是哪个朝代的哪点泥沙、哪根脊梁？但这并不能排除我肯定饮用过汨罗江的水——“君住长江头，我住长江尾”，李之仪的这个想法就是我的结论，甚至就是民族的结论——同饮一江水，当然就是同源，当然就有了共同的命脉与酸甜苦辣，共同的起伏与崎岖不平。也不影响我了解它、倾听它、阅读它，并与之清澈与混浊、翠绿与沧桑——这几乎是历史赋予每一条大江大河、山岳丘冈的丽质与天赋，人类的历史几乎就是大江大河的历史。就像我们没见过李白与杜甫，但我们仍然能穿越千年时光，穿越血脉一样的大江大河与其一道爱恨情仇，与他们一起身临其境地吟诗痛饮。

余光中说蓝墨水的上游是汨罗江，那汨罗江的上游在哪儿？资料显示汨罗江，属洞庭湖水系，发源于湖南平江、湖北通城、江西修水三县交界处的黄龙山梨树埚(修水县境)。但我一直不这样认为，汨罗江的上游应该在三闾大夫屈原投江殉难处，名曰：河泊潭。我坚决地认为先有屈原，或者说先有屈原那纵身一跃，而后才有了汨罗江。由此，汨罗江被激活，激活后的汨罗江一路咆哮，逆风而飞、逆流而行，两岸虬枝悲愤地婆娑，一江悲水大气磅礴而又千回百转。当然，这个汨罗江已然不是那个自然意义上的汨罗江了，而是永远驻扎在我们心中甚至是驻扎在我们这个民族血脉中的那一个。它与那个自然意义上的汨罗江一样昼夜不息，有夜莺的啼鸣、杜鹃的哀痛、布谷的耕劝、春锄的扑打，蜿蜒流淌，卷起数不清的折戟沉沙，而后清澈澄明，直指远方。

是汨罗江帮助屈原找到了蜕变的路径，还是屈原为汨罗江挑选了汨罗江？被贬谪至此应该就是一个先期抵达，序曲一样，为自己定义一般。自诗人冲天一怒将自己投入大江，那毅然决然的身影，那撕心裂肺的一幕，那消失在大江两岸鸡鸣犬吠的刹那，只有汨罗江照得真切，照得通透，几乎能清清楚楚地分辨出《离骚》中的那些横竖撇点折、印染出《九章》中的那些泪水与愁苦，汨罗江因此成为诗江，滚滚的一江之诗。但我想更应该是撕江——撕心裂肺之江，那么多的支流都是撕扯的例证，那么多的波峰浪谷都是残酷的痉挛。两千三百年来，我们一直在这诗江残酷的痉挛中泅渡，即便如我等未曾前往，也仍然一直在此砥砺而波澜壮阔地行进，我实在不知道这算不算“诗意的栖居”？

公元前 278 年五月初五是个什么日子，是乌云密布还是艳阳高照？是破晓时分还是午时三刻？抑或是晚霞映天？这些早已成虚，历史的浓雾不允许我们在其百米开外分清子午卯酉，我们总是“目眇眇兮愁予”，黄龙山梨树埚的每一草每一叶对此也一直沉默不语，它们似乎不必说话，说话的永远是垂直于它且在横断面上聒噪而迁徙的历史。每一草每一叶都是那样沉静地坚守，这种沉静的坚守即便是摇晃了两千三百年，即便不在其周遭抚摸与聆听，我们感受到的仍然是抹去血迹后不动声色的淡雅，是泪水浸润土地后深不可测而又不管不顾的绵延，是一直在念诵《离骚》并因此颤动与起伏的田畴。

从我的角度看过去，屈大夫飘起来的衣袂像一只蝴蝶。不，蝴蝶太过暧昧而娇小，它像极了一对大鹏的翅膀，凌空飞翔追云逐日的大鹏突然收起它的翅膀，义无反顾任由自己的肉身带着自己的灵魂——受到重创的灵魂砸向地面。是汨罗江摇篮一般托住了这个灵魂，紧紧地抱住了它，让它在襁褓中与汨罗江融为一体。智者爱水，水是不竭的诗源与情源。

毫无疑问，汨罗江也是义无反顾的，三闾大夫的肉身在那时，在那纵身一跃之前仍然是沉重的，带着被楚襄王放逐却仍放不下之重，带着国破而极度悲苦也不肯离开之重。是汨罗江让他彻底摆脱了这些？带着那声“长太息以掩涕兮”的鸣叫。我感到，自此他那绝望的两眼经过蜕变后不再空茫，两岸的青山因而总是真理一样理直气壮地翠绿。我甚至进一步想，这两岸为什么不能放大到你我的故乡？这样，我就有充分的理由，认可自己终生就在诗江之畔吟唱、咏怀，枕着《离骚》入眠。事实上，整个民族的哪一处崎岖没有屈大夫的愁眉？哪一枝盛开不是因屈平而演绎成辽阔的清香？每一处大山大川既在悲愤满满地品读，又在热烈向上地朗读。

二

在全部时间的尽头，一切事物与一切存在都将更完全地是其所是：天堂中欢乐的完满性与地狱中痛苦的完满性精确并点对点地彼此对应。墨西哥作家奥克塔维奥·帕斯的话让屈大夫与那个楚襄王精确地对应着。这个精确的对应是历史的，既风起云涌，也风卷残云。而屈原在这个风卷残云中仍然不可动摇与不可逆转。汨罗江这一抱与“香草美人”连襟，独占汪洋而恣肆的《离骚》两千三百年却不解——它或许不想解开，并以此种方式完满地留给我们，让我们一代一代地为之抽丝剥茧于气象万千。那绝命的《怀沙》是由哪块泥土垒就，掀起的巨浪两千三百年后质地仍然清脆，淙淙有声，滔天地诠释着这位现实到浪漫之极的政治家，镌刻着这位浪漫到庙堂之重的诗人，甚至与汨罗江一道破茧。我知道，汨罗江一直在破茧，用“香草美人”的香气与汨罗江的水汽氤氲、濡染着两岸，并把这种氤氲、濡染剪成春花，剪成晚霞，剪成杜鹃，剪成菖蒲与凤仙，一草一木，一花一石，都是淬炼与啐啄，生生而不息。

这一抱无疑是一种至情至真的爱，爱上这悠悠滚滚、清清澄澄的汨罗江！在汨罗江里可静静地修心养体，轻轻地舒筋展骨，不是随波逐流，而是鼓浪而歌，在汨罗江里可以无限地放大自己，也可以无限地珍藏自己，可以抚摸带着血腥味、汗腥味的泥沙，可以看见自己的投影，可以看见时间的投影，可以与鱼儿畅游，与船工共灯火，与浪花飞溅，在汨罗江里可以“高山流水”，并到达我们这里，向浩瀚的大海奔腾。

但时间仍然不可避免地具有挥发性，时间中的历史，时间中的山川河流当然不可幸免。汨罗江改过多少次道？或堆积、或崩塌、或迁徙、或拥入，像两岸每年都要通体枯萎一次的芦苇或者荒草，每一次改道都是对那曲楚辞的冲洗吗？在这些泥沙的冲洗之下，《离骚》之韵是淡了还是浓了？毋庸讳言，《离骚》是痛苦的，生命总是因痛苦而沉重。我看见那些芦苇从枯萎到雪白，然后仍然还会再翠绿。我看见改道后的汨罗江仍然面朝大海。

当年争相抢救屈原的舟子早已或沉入江底，或挥发至历史的天空，或发散于草木虫鱼，或流向祖国的江河湖泊，再也难寻当初那种箭拔弩张的味道。那些重新打造出来的舟子虽叫龙舟，但我只能认为它们最多算赝品，镶嵌其上的只有嬉戏与喧哗，油漆味、脂粉味“文化诗学”一般纷呈两岸，即便是演化成壮怀激烈的一项竞赛，对于当初的那分悲痛，几乎已全部被剥离且体无完肤，风马牛不相及了。岁月已将它们打磨得相当彻底，也打扫得相当彻底，让我们的倾听与阅读无从下手。那些原本投入江中的粽子，早已经不再魂牵梦绕地投向江中，而像一个时代的缀饰，改为投向餐桌，在餐桌上打开它现实与现在的心灵，那大快朵颐的心灵，那谈笑风生的心灵。两千多年的那个梦早已经魂不附体，即便针凿精美也只有一具香气十足的身躯躺在我们面前，甚至鼓鼓囊囊地飘洋过海，寻找它们更为广阔的空间。

三

理性的思考是对死亡的练习。布罗茨基的话只说对了屈原，却没有说对汨罗江。甚至也没有说对屈原，屈原死亡的方式既是感性的，更是浪漫的，这几乎是必然。生活中那些苦闷、屈辱的旋涡，在汨罗江里、在那浪漫的桨橹吟哦处已然一一绽放出灿烂的花朵，甚至是横空出世般灿烂——“屈平辞赋悬日月，楚王台榭空山丘。”可以肯定的是，屈原那现实之身并不需要知道这些，那轮悬着的日月，屈原不知凝望过多少次，多少次都不动声色，在其故乡与异乡之间，在湘水与沅水之际，有 170 多个长问，有 170 多处长叹，但那悬着的日月仍旧只是不动声色地持续朗照，或许这也是一种阅读，是日月对屈原及人类的阅读，人类“气象万千”是从屈原的问天开始的吗？

但我们需要知道的是，屈大夫的阅读是诗性还是智性？我一遍又一遍地诵读着《离骚》《天问》《九章》《九歌》，仍然觉得自己躬身只掬得片言只语。这不是“只取一瓢饮”，而是只取得了一瓢。即便是那片言只语也都被某个时代深深地夹在了书页中，或忘了翻阅，或一带而过，两千三百年后的我们因而总有饥渴感。这个饥渴感让我们一路翻腾，一路塑造，山上反复铺满小径的陈年旧叶是我等翻腾的结果吗？汨罗江一直醒着，睁着它清澈的双眸。

哪里抛弃便在哪里寻找？贾谊去了，司马迁去了，李白去了，杜甫也去了，是寻觅，也是求解，更是一种抵达。“使骐骥可得系而羁兮，岂云异夫犬羊？”写下《吊屈原赋》的贾谊吊的是屈原还是自己？司马迁没有找到屈原，他在屈原的泪痕中找到了《史记》。“刬却君山好，平铺湘水流。”君山当然无法刬却，湘水怎么可能直奔大海？李白有且只有发出“大道如青天，我独不得出”的感叹。杜甫亦如此。“水深波浪阔，无使蛟龙得”，漂泊了一辈子的他，为李白祈祷，却离屈原的魂魄最近，是为了使屈原不孤单，还是使自己更具有历史的完满性……每一次的寻找都是一次涅槃，每一次的涅槃对于汨罗江是加深加宽了还是因淤泥太多而堵塞了？汨罗江仍然有波峰浪谷，仍然有渔歌互答，既汹涌澎湃，又坦荡如砥，“细雨鱼儿出，微风燕子斜”。

每一棵树都有自己的土壤，都在自己的土壤中以自己的方式发生、发展、探索，并为此徘徊与辗转、开出花朵。每一棵树同时又都有自己的阴影，都在自己的阴影中屹立着、成长着、眺望着。那些草也是如此，那些星星一样的草，落地生根，在枝头绽放，成片成片地茁壮成长。每一条河流既有这样的树，也有这样的水草，这便构成了河流的领地。我们实际上一直都在屈大夫的领地上行走，在他留下的阴影中享受它的清澈与粼粼波光、呼唤与岿然不动，享受它的四季更替及鸟儿的啁啾。但土壤往往流失，再好的植被也会因风雨的剥蚀而时不时地矮下去几分，并难以恢复。屈原领地的土壤会流到哪个地方？那些阴影摇动时像是在模仿屈原吟唱，模仿屈原揪心，模仿屈原挥毫。它在为他呵护天体还是在为他隐藏苍翠的梦境？每一种呵护都有理由，每一种流失都是一种隐藏与消弭，并在这个消弭中让我们一再寻找，在这个寻找中为之敬仰。

没有人能找到屈原抱住的那块石头。屈原感到了一己之轻、现实之轻，一己之轻与现实之轻岂能汇入滚滚的汨罗江？但他找到了石头，知道了只有石头是永恒的，与石头在一起就是与永恒在一起，与石头在一起才能在汨罗江里自由地呼吸、追寻、泅渡。我不知道是屈原抱住了那块石头还是那块石头抱住了屈原，还是它们彼此需要对方的呼吸？这仍旧是无解的。至今汨罗江仍不允许我们找到它，因为我们无法跳入屈原跳下去的那条汨罗江，历史已将它彻底封存，甚至那块石头也将自己彻底封存，不再风化，不再磨损。这甚至就是一种美，一种天堂中欢乐的完满性之美。不由我们打开与触摸，只由我们理解与想象。

没有哪一块石头不是真诚的，在汨罗江及其每一条支流，真诚到，在这汨罗江的两岸及其广袤屹立的群山之上，每一块石头都是高昂的头颅，都是一颗心在鲜活地跳动、在守望。《离骚》有多悲痛，汨罗江就有多清澈，这些石头就有多疼痛。

在这块版图上，所有参天的古树都在破译吗？因疼痛而参天的古树摇晃的，始终是欲说还休的苍翠的梦境。

第三辑　静夜思

覆盖在祖母坟头的是一些荒草
但生机勃勃
这是一种转化
尘土不会在这里
反复飞扬
因而祖母的祖母的坟头
可能已成为这块正在耕种的田地
田中现在有水
水中倒映出几只鹭鸶与水牛

名字的光

一直以来，我都没能把我的家乡屠家田这个名字琢磨透。它那么小，小得不经意间就连我们自己都忽略了它的存在。这应该不属于审美或审丑疲劳范畴，而应该属于一种审美缺失，就像坐动车时两旁的风景，每一处都是未经琢磨就一掠而过了，不知飘向了何方，有的甚至是此生的唯一与永远。虽然它可能也与我们见过的风景名胜一样“枝繁叶茂”，甚至发光发热、鸟语花香。

比屠家田大一点的是寨岭，比寨岭大一点的当属南台——我这样说是因为我们村 20 世纪时叫寨岭，近两年又改称南台——含在其间的是沙咀、花棚屋、火烧老屋……如果从古诗词的角度来推敲，这到底是隔还是不隔？这一个一个的名字，除南台这个名字借着昔日爱国诗人陆游游历南台山时所作《度浮桥至南台》一诗让南台有些不清不楚的光亮外，其余既不知它的来龙，也无法考究其去脉，就那样懵懂地黑漆漆地在我们眼前钟摆一样晃来晃去，不知其存在地存在着。所谓“不清不楚”，一是陆游所游南台山在福建地带，与我们的南台八竿子打不着；二是陆游游南台能得出“白发未除豪气在，醉吹横笛坐榕阴”的豪情，而我等绞尽脑汁或“搅黄”土地也得不出、挖不出。我们的南台无榕树之荫可乘，方圆十多里内，只有松树、楢树、朴树以及椿树等，它们投下的影子筛子眼似的，漏下许多光斑。我们祖先也就依了这些楢树、朴树整出一句责怪某个后生没有出息的农谚来警示我们：“楢树也爬不上，朴树也抓不上。”现在看来，这农谚“一语成谶”，让整个家乡既没能爬上楢树，也没能爬上朴树。这些地名也就像个刺猬，灰不溜秋，浑身长满了刺，蹲伏在那里，是将自己保护起来吗？

事实上，我们村的南台也没有南台山，而是一座小丘冈，冈上有一庙叫南台庙。估计因此得名，但南台一名由何而来仍不得而知。从我记事时起，这个南台庙就已是大队里的一座油坊，是初夏深秋时节都有油香袭扰我们的地方。油坊与庙实际上存在着某种契合，但我那时无法知道。孩提时在其油香的袭扰下，常常能在大人的手下“讨”个巴掌大小的带着油香味的“麻饼”吃却是实事，并经常富有成就感地乐于此道。

现在的年轻人，估计没多少人知道“麻饼”是个什么食品。我现在也无法细细描述它那有些丑陋的模样，但我记得它的香，硬邦邦的扑鼻的香，实际它是芝麻经过辗、压、榨、去油后，剩下的“残渣”。说它硬邦邦，是因为它是经过多轮的辗压与踩、打，以及几个壮汉用油撞（用来撞油的家什）猛烈地撞击后的产品，称砣似的，难以嚼动。但它香，闻着腹内就饥肠辘辘。母亲一看，就知道我吃了“麻饼”，因为我的牙缝漆黑，嘴唇喷香。我总感觉，我是啃着这些有着扑鼻香味的硬邦邦的“残渣”走过了我的童年。

现在这个时代，让年轻人不知啃残渣似的“麻饼”所为何物，他们甚至干脆就不知道其家乡的名号——这名号难道也是一份难嚼的“残渣”吗——他们现在既不用写信，也不用拍电报，更不用填汇款单，以致出门在外，碰到有人问其家乡时，不是说安徽，便是说安庆，很少有人理直气壮、容光焕发地说我是屠家田的，这其中，屠家田名不见经传，既无地理标志可炫耀，也无人物标志可引以为豪是一个重要因素。久而久之，连他们自己都忘了自己到底是属于哪里的人。我儿子就曾问过我：“老家叫什么名字？”在外务工的侄儿也曾打电话回家问其父亲，他们村的村名现在改叫什么了。

我的确也不清楚我家乡的历史到底从哪片树叶开始，有多长，是县志上说的吗？历史一幕一幕地演绎，既褪色也上色，既有叶片脱落，也有新叶长出、新稻抽穗。但那些扣人心弦的、风起云涌的、战火纷飞的、甜蜜缠绵的历史似乎都与我们屠家田没什么关联，擦肩而过似的，挖地三尺也找不到先人留下的半点蛛丝马迹与瓦砾碎片，既无名人提字，也无皇帝写匾，既没出过达官贵人，也无“帝高阳之苗裔兮，朕皇考曰伯庸”式的身世书写，像个没有劫难“不知有汉”的世外桃源。但却没有桃源的美景，也没有桃源的美名，纯属例外，甚至每一种情况都是例外，不在“例内”。

我常常想，我的父辈为什么种下的树基本上是楢树、朴树、枫树，最多的是屋前屋后的野桃树，而没几棵香樟树、桂花树、银杏树——现在老家到处都是这些树，但在我孩提时代却是凤毛麟角。这是为什么？我的祖辈在坚守什么？他们要告诉我们这些后生要坚守什么？

一花一世界。一棵树肯定也是一个世界。这些不急不闹的楢树、朴树记载了多少家乡的历史？庄子说，天地有大美而不言。楢树是弯曲着的，朴树也是弯曲着的，不峭拔，也不挺立，默默生长，斑斑驳驳，写满了岁月的沧桑。我想到了一个词：变形。这让我自己感到了诧异。为什么变形，理由何在？变了形的楢树、朴树仍然是向上的，枝枝铺展，枝繁叶茂。这是一种承载，一种变了形也仍然默默坚守的承载。变形是不是因为承载得太多？许多像屠家田或者说南台这样的村庄都是如此吗？

那些房前屋后的野桃树开花迟，果子熟得也很迟，有的熟在盛夏季节，有的已立秋了，还是懒洋洋地挂在树梢半青不黄不依不饶的模样。野桃树的果子，我家乡叫它毛桃，的确浑身长满了毛，个头比较小，又酸又涩，但在酸涩中也带着几分甜意。盛夏时节，我们每一个孩子都能猴子似的爬到桃树上去摘这些果子，那时候也没几个人怕酸怕涩，休息时，大人们坐在满是光斑的树荫下，不急不慢地啃着、嚼着，说说笑笑，有滋有味。我记得那时候连蜂子（我不知道是不是黄蜂）都喜欢在野桃树上做窠，还有洋辣子、刺毛虫，几乎每一个孩子都被那些围绕在野桃子旁边的蜂子蜇过，被洋辣子、刺毛虫叮咬过。那红肿的疼痛仍然记得，那时也没人想着去打一针，父母叫来隔壁的或远房的哪位正在奶孩子的媳妇挤点奶涂在患处就可以了，而笑声也就是从这时候的树荫下传出来的，半飘着奶香。

野桃树、毛桃、洋辣子、刺毛虫、楮树、朴树，还有木子树、桑树，等等，我一直无法破译家乡的这些密码。也许谁也不能做到，它们既散落在家乡的村口正道，也散落在房前屋后、边边角角。木子树又叫木梓树。《诗经·小雅·小弁》中“维桑与梓，必恭敬止”说的就是这些桑梓吧！我们爬过无数次的桑树与梓树，但我们却实在没恭敬过，完全是一个实用主义者。还有那些蛇床草、车前草、矮脚黄荆和金樱子，田间地头，繁星似的。每一样都是上好的食料，人吃着，家中养的牲畜也分享着。我父亲曾对我说过一件事，让我至今无法忘却。那时还没有我，父亲半夜回家，远远从窗户中看见我母亲怀里奶着姐姐，身上还留有泥浆，碗里放着还没吃完的半碗车前草。这景象父亲描绘过多次，但每次眼里都有泪光。他曾警示过我，你们就是终日抬起头来仰望着或者弯下腰来凝视着这些毛桃，这些蛇床草、车前草长高、长大的。我感觉这些桃树、朴树、毛桃像是一个一个的问号，也像一个一个感叹号，既在扣问，也在感叹。

它们到底在扣问什么、在感叹什么呢？我又想到了另一个词：牛渡马勃、败鼓之皮。韩愈在写《进学解》时，看到了还是知道了类似于我家乡这些野桃树、毛桃、洋辣子、刺毛虫、楮树、朴树？

记得县志有记载：金陵藩篱、楚豫门户。这句话背面的意义好像应该是在颂楚赞豫，成为楚豫之门户乃荣耀，而我们就是这么个门户。

这让我同时想起了席慕容的话："在别人的故事里，流着自己的泪。"或许这泪有时幸福，有时心酸。甚至不是流泪，而是流汗，甚至不是流汗，而是流着油、盐、酱、醋、茶。

家乡田野的尽头有一湖，名曰泊湖。我想远处的泊湖到底流淌的是祖先的泪还是汗，还是油、盐、酱、醋、茶？应该是样样都含在其间。泊湖因而既明静如镜，也汹涌如潮。泊湖连接安徽、湖北两个省，并直达长江，本就与楚紧紧相依相偎。世间有哪块土地不是与其他土地相连相通、一脉起伏？所不同的是怎样的深耕细作，才有茂林修竹，才有群峰汹涌，才有"深山长谷之水，四面而出"（王安石），才能结晶出"屈平辞赋悬日月，楚王台榭空山丘"（李白）。

严格说来这些都是一种阐释，空空的山丘也是一种阐释。但屠家田的山丘没一处是空的。那些洋辣子的记忆，那些毛桃的记忆、"麻饼"的记忆，满满当当，碧绿地让它没法承载楚王的台榭、霸王的家。

那些楮树、朴树、蛇床草、车前草、矮脚黄荆年年碧绿、年年凋零。而沙咀、花棚屋、火烧老屋以及南台、屠家田这些名字就这样被碧绿的掩映着，远处的泊湖因而也沉静地汹涌与荡漾，取消了界限地流淌。

但我们包括几乎全部都已外出了的年轻人与它却有了比过去更为清晰的界限，像那些努力地一年成熟一次的毛桃，只需咬一口，就可看见核与肉是分开着的。

清坐

我喜欢清坐。

清坐是一种姿态，一种物我两忘的姿态。严格说来它让人在这个世界上变清，几乎达到了一种“无为”的境界。

清，并不仅仅是静。清，让人想到的是透明，想到的是没有杂色杂念。而静，只不过是清的前奏，只不过是通往清的诸多道路之一。因咆哮而混浊的水，只有静下来，才能清澈，才见游鱼，世之物象，亦先有静，而后才可达到清。

泡一壶清茶，一杯淡水也行，端一把小竹椅子，不要三两好友，不要瓜籽书籍，不要《红楼梦》中林黛玉抚琴时提出的那种“必择静室高斋，或在层楼上头，或在林石里面，或是山巅上，或是水崖上。再遇着那天地清和的时候，风清月朗，焚香静坐，心不外想，气血和平，才能与神合灵，与道合妙”的甚是苛刻的环境要求。或端坐于院中，或卧躺于树下，眺望远方落霞而眼中无物，闭目养神静气而胸无旁骛。类似于绘画中的留白，比留白更为留白。这种留白的境界就是清。

记得谁说过“人一个人时才是自己”。这个绝妙的真理回答的是回归本真的问题。我觉得这还不够，一个人要达到清坐的境界，必须做到什么也不是，什么也没有，成为一个不存在。类似于隐身术。甚至不是隐身，而是隐心。甚至也不是隐心，而是空灵。“空”就是静，而“灵”，我认为就是清了，达到了“清”的境界，才会有灵气出现。

老庄的“清静无为”是不是这种境界？

“为道者日损，损之又损，以至无为”，我知道我无法像老庄那样做到“日损”，甚至“月损”“年损”也有些犯难。因而我难以得其“道”。但我认为老庄的境界不是“清”，一眼看不到底，即便“神游八极、鼓盆而歌、游刃有余”也并不是“静影沉璧”，没有空灵的感觉，反而有些混浊，多少带了点虽不是泥沙，却也类似于杂念的盼头，这个盼头就是他想达到的“无为而无不为”的效果，并通过此而得其“道”。而“道”就是“无为”的目的，有目的当然就不“清”了。

清坐应该如一张白纸。这张纸不可揉，不可写与画，不可折与撕扯。只需把它平铺在书桌上，旁边放上一支笔而不写字，放一盏台灯而不开启，黑黑的，眼睛看着星星而又没有看见星星及星星漏下来的熹微的光，谁也不认识谁，“不知有汉，无论魏晋”。

我有清坐的习惯。我母亲在世时说我这个样子像是在发呆。我想母亲只能算说对了一半，古人说的“呆”仅指嘴像木头一样不怎么会说话。而清坐，不仅嘴不说，心也不想。怎一个“呆”字了得！

“又一个人在清坐呀？”我每次突然被母亲唤醒时，一般已是三更。“饿不饿？”其实，我并没睡，但我一时竟真就傻里傻气地不知自己身处何时何地。但令我不解的是，母亲凭什么知道我会饿？但我的确是饿了。

现代人很少有饿的感觉，因为吃的品种、数量和范围非常广，无论从身体方面还是从精神方面悉皆如此。身体方面，“光盘行动”就是例证；精神方面，各种信息挟带着各种诱惑几乎铺天盖地，想不“吃”都不行，想不吃饱更是不行。那么，这“饿”从何而来？我清坐在那里，我既没有从事体力劳动，又没有从事脑力劳动，比睡着了还要节省能量，因为睡着了还有可能通过做梦来“耗材”。

现在我好像明白了，或者是悟出来了：人在清坐的时候，实际上类似于清洁工在打扫房间，白天体内乱七八糟的东西此时被扫地出门，荡去尘埃八千，“房间”内顿时空荡起来，甚至空灵起来，比之佛家“六度”中的“禅定”要胜出一筹——“禅定”只要求心不散乱而归于一。而清坐则是归于零，并让零成为“灵”。有了这个“灵”能不产生饿的感觉吗?！

但这样的时候，我一般不会吃什么东西。并不是担心现代人的夜宵伤身之说——其实，这样的“夜宵”不妨吃一点——而是不想让这种体内空荡荡的感觉被轻易破坏，甚至被轻易填充。

我只是想让它在体内持续一会儿，再持续一会儿。

睢宁：沉淀在泥土里的仰望

踏上睢宁这片土地，让我禁不住有了一种仰望的感觉。因受邀参加“中国·睢宁乡村振兴”全国散文作家笔会，让我有了这个仰望的机会，对这片从下坯一直蜿蜒跋涉、腥风血雨至此的神奇大地的仰望。

仰望不只是狭隘而逼仄地面对天空，高山仰止，它还有另外一个几乎是相反的方向，那就是面对苍茫大地，大地之上破碎的泥土、残存的瓦砾。对天空的仰望，是一种对无限远的遐思与一种对“不知名的星星透射出的暗淡的光”的张望，是一种对存在的冥想。而面对大地的仰望，是一种触手可及的、凝固在石头上的仰望与抵达，尽管这个抵达永远无法抵达，且必将成虚，尽管这石头已然风化，尽管石头建成的门“门里门外只剩下茂盛而碧绿的荒草”。而这“茂盛而碧绿的荒草”也仍然值得我们敬畏，这敬畏就是仰望，就是值得我们俯下身去凝视、亲近的泥土，泥土里总有掘开后呈现出来的陶红色与灰褐色。这陶红色与灰褐色洗不净、擦不亮。

四月的睢宁，沂蒙山脉孕育的淮海平原一览无余，平原之上再没有了沧海横流的景象，到处都散发出一股宁静致远的清新，漫天漫地都是春风拂面，满街满巷都是骄傲的花香。这骄傲不仅来自这些花草春闹枝头、相互追赶嬉戏式的尽心倾性，也不仅来自睢宁乃“全国投资潜力百强县”“全国科技创新百强县”“全国绿化模范县”等一系列炙热的殊荣，还来自“一部三国史、半部在下邳”的厚重而朦胧而又辉煌的历史。

我知道，每一部历史都是厚重的。奚仲开国、宋襄筑城、圯桥进履、季礼挂剑、邹忌封邑、刘备屯军、曹操擒布、葛洪炼丹……我们没有谁搬得动、掀得动这些历史存放在古下邳的任何一块砖一片瓦。只有风在不停地试图吹动它、不停地濡染它，甚至包括身旁飞起又落下的尘土，这些呛人的尘土当年是否也曾呛过曹操的战马、吹动过黄石公的衣袂？笔会期间，我似乎一直处在游历的状态，一粒尘土似的游历。是的，谁也不能掘地三尺、深入历史深处——已然掘开的部分也不是历史，而是永远以各种各样的方式存在着的泥土——几千年的风雨、几千年的沧海桑田因我的游历而在我眼前成为短暂的一瞬。也正因为这个短暂，我的心才止不住饥渴地找寻。是的，是一种饥渴，人类对历史仰望的饥渴，且在寻找中小心翼翼。因为我一直担心我不断移动的双脚是否会踩在哪位正伫立着的曹操或者吕布手下的士兵的肩头，我还担心旷野旦那些谷粒还未饱满的小麦、油菜，这些美丽的乡村建筑是否影响了一场战斗的结果。尽管这些小麦、油菜在此厮守了几千年，它们的祖先与每一位在此栖息的子民耳鬓厮磨了几千年，尽管它们丝丝入扣地滋养着曹操、溢美着张良“运筹帷幄，决胜于千里之外”。

事实上，张良已“决胜于千年之外”了。那些搬动粮草的士兵也是如此吗？那枕戈待旦即刻就可能灰飞烟灭的士兵也是如此吗？他们与曹操、张良们唯一不同的就是他们从不说话，他们永远没有声音、没有身影地前进在执行命令的路上，与同伴一起倒下，不断地倒下，而后成为泥土的一部分。

唯有历史无恙。历史实际也与那些士兵一样从不说话，说话的永远是“气冲斗牛”的曹操、张良及当下的我们，是我们这些无约而至的当下游客。拜张良、读汉阙、走圯桥、看白门楼、观沙集智慧、访房湾湿地……无论哪一处，历史都是那样的静悄悄，静悄悄地敞开而不动声色。张良、吕布、曹操、黄石公等假如知道我们今日之行，他们会做何反应？他们会指正我们吗？会接受我们吗？事实上，一切景观，一切新的生命都在旧址上或者说可能的故地之上新建而成，它试图复原历史，试图修缮历史。我感觉这个复原与修缮几乎与历史是一种二元对立，一种触手可及与遥不可及之间的二元对立。历史在旧址上已然溶解或者说融化，并已进入泥土之中，所有的复原几乎都已失去了真实基础，既是一种残缺，也是无解的。虽然这其中汇集了许多精密的修残补缺的智慧。圯桥还在，白门楼还在，但它们已然不是历史的圯桥与白门楼了，我在此既能闻到油漆味，也能闻到香水味。

历史及历史中的任何人物与事件都是独一无二的，我们因而崇拜历史。这与李白《经下邳圯桥怀张子房》所云“叹息此人去，萧条徐泗空”的诗句也是相映照的。同行的当地作家告诉我，据考古发掘，明清时期下邳古城叠压于宋代下邳古城，而宋代下邳城又叠压于汉代城址之上并延伸于汉代城址之外。这本就是历史的奇迹，这奇迹的横断面告诉我们：历史是叠加起来的，一块一块砖石与一座一座城池，一个一个脚印与一个一个身影。但我禁不住想在内心对自己发问：我们以这样的方式与历史进行纠缠是正确还是错误？包括几乎每天都在进行的尘土一般“绕树三匝”式的游历。

我知道，我的这些发问都是惘然。正如我惘然地看着那些陈列在展馆中的汉画像石，怎样的栩栩如生也仍然是惘然、是叹息，仍然取代不了时间在这里的沧桑鼎沸。即便是泥土也有了改变，我正行走着的泥土，慨叹“水何澹澹”的曹操也曾以这样的姿态行走其上吗？张良呢？这颜色、这硬度，应该比曹操生前多了许多血腥与歌哭。但这血腥与歌哭又似乎被时间漂白。黄河改道，沂水、泗水决堤，但下邳却仍然淹一下，高一寸，厚一分，下邳没有，也永远不会成为历史的腌制品，我感觉到下邳仍然气韵生动，且一次又一次被染绿，生机勃勃的绿意红情。

据历史记载，下邳国历史久远。传说在夏朝就已建城邦，商朝已成为一方诸侯，四千多年前黄帝六世孙奚仲在此建国，春秋时期“宋襄公”在此筑城，战国初期齐相国邹忌在下邳被封成侯，公元前 202 年刘邦封韩信为楚王定都下邳，公元 199 年吕布被缢死在下邳城的南门白门楼上，会死在白门楼上是因为，曹操采纳了谋士郭嘉的建议，在护城河的上游筑坝“水淹下邳”。当时正值下邳水盛时节，沂水与泗水在此交汇，滋养着吕布的沂水与泗水最终将吕布吞没。

吕布为什么要将南门建成“白门”，不得而知。白这个颜色在中国历史文化中是一个不祥之色。这虽属巧合，但这个巧合让吕布自己为自己定性，自己与自己对抗，并自己为自己敲响了丧钟。白门楼因此永远具有了几分肃杀之气。“一部三国史、半部在下邳”是否就是因了这个肃杀？

历史有层出不穷的巧合。正如罗贯中在《三国演义》中所云：“空余赤兔马千里，漫有方天戟一枝。”每一杆“方天戟”最终都是一种“漫有”，都走下了历史舞台，以一个又一个的遗憾沉没。曹操有遗憾吗？张良呢？对于历史，“方天戟”能有多重？“赤兔马”能有多快？领会了“方天戟”与“赤兔马”是否就领会了历史？历史以它已然存在的事实进入泥土深处，既不改道，也不改色；既不封闭，也不敞开。

谁又在弹奏十面埋伏？我知道肯定不是汤应曾所弹。十面埋伏虽为后世所谱，但楚歌这一曲旋律却让历史跌宕起伏，压倒骆驼的最后一根稻草是否真的就改变了历史的走向？它居然就真的掏空了楚军的心？也掏空了一代枭雄项羽的心？

但它掏空不了泥土之心，泥土之心属于那些“与同伴一起倒下，不断地倒下”的士兵。那些小花小草永远从泥土中长出，我感到每一棵正在生长着的哪怕是一株刚刚探出头来的小草，它的根也仍然必须植入泥土之中，以略高于泥土的方式，沉淀于泥土之中，隐隐作痛。

透气

一位资深报社编辑朋友曾告诉我，一张报纸也像一个人，需要呼吸。这个呼吸实际指的就是透气。有气才可呼可吸。如果一张或一版报纸没有气眼——我知道他指的是合适的照片，那这张报纸就死了，死板一块，没有一点灵光，读着让人难受。

这个道理让我想起了下围棋。围棋的要求与此类似。会不会下围棋，最基本的标志就是知不知道生死，而生死一口气。有气眼——实际上要有两个气眼，就像一个人，能进、能出。能进能出，才通畅，才是活棋，否则就是死棋。我刚学下棋时，总是不断地往自己那块地方投下棋子，总担心被对方占领去了，结果，活泼的棋硬生生地被我填死了。

生活需要透气。生活如果密不透风，没有几个气眼，太板，肯定就会出问题，有时甚至就是生死的问题。记得父亲曾告诫过我，一片庄稼地，如果过密，行距株距分不清，那这片庄稼就会活活被自己“烧”死。一个“烧”字形象地道出了这其中隐藏的真理。记得小说《人到中年》里面有这样一句话：金属也会疲劳。先是因疲劳而出现些微裂纹，然后逐步扩展，到一定程度就发生断裂。

金属如此，人何以堪？

我有一个朋友，做生意的，人长得帅气而又相当有经济头脑，十年前就有资产千万。但他像一台永动机，开机后就停不下来。他说，不趁年轻时候多赚点钱，多为儿女们积累点财富，老了怎么办？就是这个朴素而荒唐的真理让他倒下了，再也无法为子孙赚钱。而那些已经到手的钱是否真的能成为其子孙的财产？其子孙能否用好这笔财产？他自己是不可能知道了。

生活本来是多姿多彩的，有阳光有雨露，有春夏秋冬之分，有白天黑夜之别，有一马平川供你驰骋，有花草虫鱼供你欣赏，哪一种都不可缺少，哪一种都不能偏废。这才是生活，严格地说这才是人的生活。

柳宗元在一千多年前就在他的《蝜蝂传》中告诫我们，“蝜蝂者，善负小虫也。行遇物，辄持取，昂其首负之。背愈重，虽困剧不止也……又好上高，极其力不已，至坠地死。今世之嗜取者……其名人也，而智则小虫也。亦足哀夫！”蝜蝂“辄持取”，以至“坠地死”皆因贪得无厌。而“辄持取”就像我前面提到的“不断投下的棋子”。今天，我们身边多少人不是“不断地向自己的那块地方投下棋子”？他们拼命追赶，与时间赛跑，不停留，不驻足，不缓口气，仿佛世界的财富乃至一切可据为己有。这怎么可能不最终把自己那步棋走成死棋呢！

我不赞成把自己当作一台机器开足马力不停地转动。生活需要放马千里，也需要抬头看看蓝天白云，给自己留个气眼。记得居斯塔夫·福楼拜曾对他的女友说过：“我拼命工作，天天洗澡，不接待来访，不看报纸，按时看日出。”这“按时看日出”就是在“透气”。瓦尔登湖畔，梭罗的生活更是简单、充实而富有诗意：他这样寂静，又是这样的愉快。这样的生活不禁让人想起清水洗过的心灵，不含任何杂质，有如荷尔德林那“诗意地栖居”。

其实，世界是平的。当然，我在这里所说的世界是平的并不是托马斯·弗里德曼所著《世界是平的》中的观点。这里的“平”指平等，而非托马斯·弗里德曼所称平坦之“平”。甚至这里的平等也不一定是“此刻”的平等，而是上下几代人的平等。

我是一个“慢人”。慢到伏案读书，无论是什么样的杰作，都只能坚持一个小时，写作也是如此，然后就必须起身到阳台或者户外透口气，像福楼拜“按时看日出”，然后才能继续进行。我知道这样做不怎么好，有很多缺点，但我总结认为，这种做法仍然有许多好处。除了能“按时看日出”外，不仅能防止肌肉酸痛、僵硬，还能防痔疮，甚至能减少动脉硬化、高血压、冠心病等心血管疾病的发生概率。

我决定坚守这种透气的生活。

农或乡愁

一直以来，“农”字总是农民的代名词，且农与贫似乎是同义词，与生活在低层、贫穷、愚昧、无知联姻，似乎难以割分。

在古汉语中，“农”字有多种写法，有从林，从辰，也有从曲，从辰。古代森林遍野，要耕作，必先伐木开荒，故从“林”；从“辰”，取日出而作、日入而息之意。而“曲”本指“松弛”，此处意为在乡军人。“曲”和“辰”联合起来表示“在乡军人早起耕作”，转义为从事耕作的军人。古代实行兵民合一体制，军人就是拿起武器的耕者，耕者就是和平时期的军人。

我很庆幸我为这个“农”字找到了一些人们不怎么清楚，特别是现今那些仍然在旷野里一心一意劳作的群体根本就不清楚的意义或事实，为他们打开了一扇本就存在而长期无人开启的窗户。虽然这个窗口上有许多蛛网与灰尘，但我在开启这扇窗户时，仍然能感受到其间扑面而来的意想不到的丝丝清新的凉风。

农民这个职业是什么时候被分工形成的？《汉书·食货志上》：“士农

工商，四民有业。学以居位曰士，辟土植谷曰农，作巧成器曰工，通财鬻货曰商。”

其实，在封建时代，最下等的职业不是“辟土植谷”的农——“士农工商”，从这个意义来讲，“农”仅次于“士”——而是“通财鬻货”的商，因为商人在当时社会，普遍认为其“重利”，而重利者，古谓之小人。而小人又为世人所不齿。白居易在《琵琶行》中说到了“商人重利轻别离”。记得刘采春所作《啰唝曲六首》中有一首也是贬“商”：“莫作商人妇，金钗当卜钱。朝朝江口望，错认几人船。”虽然有些偏激，但也不失当时商人生活以及人们对商人人生某个方面的感慨或描述。

这其实也是时代的局限与印记。时代总是“折戟沉沙”，时代也总会“自将磨洗”。现今的商人，应该说是被“磨洗”得彻底翻身了。当然，这种翻身本就是一种回归，回到他离开了那么多年且本应在的位置。商人已经成为这个时代的弄潮儿，他们在创造财富的同时也成为财富的拥有者。

也许因为自己世代是农民的缘故，相对于商人，我还是偏爱农民——我以我是农民的后代而骄傲。

泥土多么低下！但当我们从飞机上走下来，或者当海员踏上归途脚踩着大地的时候，那一刹那坚实的感觉，谁能忘记！它让我们平安，让我们依靠，让我们的心有了无与伦比的归属感。难怪许多年前，当诗人沈天鸿写下“泥土高得下雪”这样的诗句时，许多人竞相模仿：某某高得下雪。尽管这种模仿让人啼笑皆非，但这个群起模仿的深层次原因，我感到除诗句本身独特的诗意外，应该来自于模仿者对泥土的潜意识崇拜！

泥土实际就是这个社会底层农民的象征。他们终日与泥土打交道，自然“近墨者黑”。其实，我们这些所谓的城里人的身上也一直泥土味十足，因而，我们每天都想通过诸如洗澡这样的方式来除去这个味道。然而，这个与生俱来的味道永远也无法洗去。每个人都无法洗去，它根深蒂固地储存在我们的血肉之中。

记得小时候父亲经常告诉我，不要总是低头走路，要抬头看看天。父亲这话似乎是告诉我，天气会突然变化，而脚下的路不会，始终如一，如一当然就靠得住。靠得住的东西当然就不用担心，即便拐个弯有个小坑也仍然是靠得住的。实际上，我家乡的父老乡亲很少有人听从或很少有人去认真思考这句话的道理。他们几乎总是低着头，匆匆地从田埂上走过，从塘坝上走过，甚至从城市的大街小巷穿过，甚至他们不仅低头走路，而且是低着头、荷着锄种他的庄稼，低着头走过他的人生。的确，水稻、小麦、白菜、萝卜……哪一样都需要他们低着头去种植，即便是打鱼捞虾也要低着头去实现他的梦想。其实，农民种出来的这些东西也都是低矮的，甚至不由他们种植，也仍然生机勃勃地生长在大地上的野花、野草也是如此，而那些长在路边千人踏、万人踩的金樱子、黄荆条等也都是如此，像它们自己一样的低矮。但是，细细数来，它们中哪一样不是上好的药材？这是一种怎样的低矮？但正是这种低矮，让我们过上了舒适的生活。同时，也让我们得以抬起头来，看看天、看看星星，走过春夏秋冬。

但我们却很少正视它们。这是不是“灯下黑”？我说不上来。实际上，我们在遐想之时、登高之际寻找的总是“闪烁其辞”的星星，很少有泥土的影子。那样一个时候，我感觉泥土从来都是悄悄隐遁于我们的视野。而在我们需要的时候却总能及时现身。我甚至不知道到底是它们主动来找的我们，还是我们主动找的它们，只知道我们需要它们的时候，它们就真的在那个地方早早等候着。

我曾写下过这样的诗句：“……遥远的星光在这样的夜晚 / 类似于灯火 / 它无法照耀 / 也不是照耀。/ 它只是倾听 / 倾听我们的脚步 / 让我们靠近 / 让我们在这泥土之上 / 生长自己的根。”

我感到，连这些遥远的星光也不只是在倾听这些农人的脚步，而是在滋润。因为只有农民才有幸在泥土味十足的土地上看见带着露水的星光。

我为我曾写下的这些诗句而感到骄傲。

喜爱腊梅

我喜爱腊梅，并不是仅仅因为它的傲雪，也不是仅仅因为它的清香可人，而是因为它毫无遮掩地把花朵展露在枝头，不紧不慢地把那些可能会遮掩它的叶片，在秋风中一片一片地剔去，比删繁就简还要减去一些；一心一意让阳光穿透过来，给阳光让出一条通透的路，让雪覆盖在它的上面，无遮无拦地承接，无遮无拦地等候或者守候；然后，仍然不是轻轻抖去，而是轻轻地让它融化。是融入在腊梅的怀抱，还是它的心中？我看见腊梅轻轻地悄悄地在其枝蔓的腋下探出自己的头。

这似乎是一种背叛。严格说来，这是一种多少有点勇敢的背叛。这样勇敢的背叛是一种境界。人类要修炼多少时间才能达到这样多少有点勇敢的“背叛”的境界呢？

这种多少有点勇敢的背叛，可能正是腊梅的薄弱之处。薄弱到不开花无以补，薄弱到天地荒疏不开花无以对。我有时就是这样想的。心理学家说，天才都是有缺陷的，尤其大天才必有严重缺陷。腊梅是不是天才？对于冬天，对于风霜雨雪，我感觉应该算一个。

其实，所有的花朵都是因了缺陷才开放性地存在着。它执着地打开自己，承接雨露，承接阳光与风雪，然后才结出甜的或酸的果实。我常常想，古人为什么制造了盛露盘，他们一定是由花朵而悟到的，领悟到人要像花朵一样修炼自己，像花朵一样餐风露宿地补偿自己的先天不足。

这些腊梅，现在还是花蕾，有些类似于一个一个的总结，小小的，圆鼓鼓的，素面朝天。如果你把你的鼻子凑上去，它就溢出芬芳，虽然它是自然地小心谨慎地溢出，但仍然让你有些舍不得离开它。“遥知不是雪，为有暗香来。”王安石大概是闻到了腊梅的香气才得此佳句佳作的。

王安石是天才，所以王安石为腊梅写出了总结。我不是天才，我因而从来就写不出总结，甚至就连自己也没有想到要写。我感觉我正在路上，在往前赶路。而总结，似乎是停下来的事。停下来，做好休整。我暂时还没有想到要停下来。

总结是不是果实？从这方面来说，我没有给腊梅或自己写总结是正确的。我感觉我至今好像还没有结出个像模像样的果子。当然，腊梅的枝头那圆鼓鼓的腊梅花便更不是果实了。它是花，含苞欲放的真真切切的花。只是，有的已经开放了，而不是含苞欲放。它大张旗鼓地用承接一切的方式往前赶路，往前体会不可遏制的风霜雨雪、体会阳光从仿佛枯枝般光秃秃的缝隙间照射进来，照在圆鼓鼓的花蕊上的感觉。

我感觉人类难以体会这种感觉。

当然，其他花可能也难以体会。比如茉莉花，比如栀子花，比如桂花，它们虽然那么香，那么可人，但它们都是在绿叶丛中，让绿叶先向这个世界探出头。这是一种询问，一种类似于在你枝头站立的麻雀的询问。这个询问由绿叶呵护着、陪衬着、扶持着——也许“花好也要绿叶扶持”讲的就是这个道理——然后一路倾吐它的芬芳。顺畅自然而各得其所。

而腊梅反其道而行之。它那么彻底，从岁月的底部以张开怀抱的形式探索世界。探索这个世界上的风霜雨雪？但我感觉到是这些风霜雨雪在探索它，欣赏它。

那么冷静，那么安静，那么不动声色。

这似乎是一个梦，一个伟大的“背叛”的梦。梦有时就是一种境界，这个境界就是在风霜雨雪中无遮无拦地等候或守候。

其实，这些风霜雨雪中也有阳光，阳光始终是一切的必需。阳光朗照世界，让世界光明着，同时又让阴影活灵活现地呈现在我们的眼前，也让阴影“光明”着。腊梅也承接阴影，在阴影中光明着。

突然想到汪曾祺有篇短文中提到一位宋儒的两句诗：“万物静观皆自得，四时佳兴与人同。”我不知道这位宋儒是谁，他的本意是什么。但我感到腊梅很适合这联诗。它确乎自得，自成体系，自我修炼，自然地包含一切，又疏漏一切。哪一滴雨露不是从它指间轻轻流过？哪一片雪花不是从它齿间悄悄消解而远去？

我知道腊梅的果子在我的家乡，在南方虽然罕见，但仍然有。它在夏天结出。腊梅那么馨香，那么引得人们赞许。但它的果实却那么丑陋，不仅难以入目，而且有毒。这多少有些让我不解。这是怎样的一部杰作？诞生之时，承接一切，吐露花香。它这是在向世界袒露、让世人检阅自己怎样的一生！风霜雨雪的冲洗、涤荡，剩下的或者“沉淀”下来的这个结晶，竟然就是这个样子。我又由此想到了蛹与蝶，它们与此相反，蛹是那样的不堪入目，蝶破蛹而出，那么美丽，那么让人耐人寻味地翩翩起舞。

这一切也许都是最真实的，一种深邃的真实。它仍然符合那位宋儒之“万物静观皆自得”。我想这可能也是我喜欢腊梅另一个原因。

锁的变迁及其意义

每一把锁都配有至少两把钥匙，这与一把钥匙开一把锁的古训似乎有出入。但这并不矛盾，因为两把钥匙一模一样，也就是说是一种重复。重复的东西等于没有创新，也就是说与古训仍然是相通的。虽然相通，出入却又很大，因为钥匙可以无限地复制下去。复制出来却又不能说它是赝品，因为赝品是指以假充真的物品。复制出来的钥匙没人说它是假的，因为它与原配物货同质。在所有的复制品中，钥匙似乎应该算一个特例。

锁君子不锁小人，这也是一句古训。这句古训对君子要求苛刻，因而往往受困而没有办法。对小人却有些放纵，一种“随他去吧”的味道。仔细想来，这话是有毛病的。因为真正的君子，不需要上锁，所谓“瓜田不纳履，李下不整冠”。锁在发明之初的真正作用实际还是防范并抑制或者扼制小人。不锁小人的言外之意是脆弱的锁对于小人是锁不住的，并非不想锁，即便是“千寻铁锁沉江底”，到最后，也只是“一片降幡出石头”。刘禹锡的这联诗句虽另有深意，用在此处，却也不无不可，这也无意中透露出作为盾的这个锁，总被作为矛的这个小人所克，这也就是锁之为锁的无可奈何与底气不足。

《辞海》注释："锁，必须用钥匙方能开脱的封缄器。"事实上，现代生活中的很多锁早已不是靠传统意义上的"钥匙"才能开启的"封缄器"了，因而 1999 年美国版《新标准大百科全书》对锁的定义做了修改，认为："锁具是由人设计的一类锁定器具，它能阻止未经允许的人企图释放处在安全锁定状态的锁栓。"

锁的发明在人类历史上走过了怎样一条道路？在李文石所著的《锁具史图说》一书中，把锁具的发明史划分为四个时代：绳结锁时代、木锁时代、金属锁时代和电子锁时代。

锁发明之初活脱脱是一个宝贝，从字形的构造上即可看出：金属制成的小宝贝。随着岁月的更迭，锁的宝贝功能在开与锁、小人与君子此消彼长的博弈中，渐渐褪去其宝贝地位，并演变成人类的一个心结：欲说还休，欲罢不能。

实际上，任何东西都有其局限性，这自然也就有了锁的改进与提升。正因为如此，锁在其四个时代也就千姿百态：长的、短的，方的、圆的，密码的、指纹的，甚至红外线的，等等。但无论哪种，无一不是防小人。道高一尺，魔高一丈，我们每每低估了小人那无所不用其极甚至"剑走偏锋"的智商。小人几乎无视其存在，也就是说没有哪一把锁是只由一把钥匙打开的，制造者机关算尽，漏洞却总是永远存在着——当然，未经允许而开锁的小人每每就是掌握这些漏洞的先行者。我家门上经常就贴有"专业开锁，请拨打号码某某某"。这当然是另一个话题，这里不赘述。

锁虽说是一宝贝，却是一机巧之身。古人对机巧之事历来嗤之以鼻，却又允许锁存在并成为宝贝，这本身也是一把难解之"锁"。《庄子·天地篇》就明确说道：有机械者必有机事，有机事者必有机心，机心存于胸中，则纯白不备……庄子不主张技术，他认为即使有能够提高效率的技术也不应当去应用，因为对于技术的运用会破坏人心的淳朴和纯洁，容易产生“锁”，而“锁”对于存有“机心”之人总是免不了“诗律输君一百筹”。

锁，虽然其目的是锁小人，但我总认为，其真正的用意仍然是提醒小人，是一种象征，一种警示与警戒，甚至是一种教化，教化我们怎样做人，怎么克服魔力，战胜诱惑，做一个坦荡见底之人。从这方面来讲，锁便有了另一种深刻的内涵。

正如前文所述：锁的漏洞永远存在着。其实这个漏洞既没有深藏，也没有装裱，虽“曲径通幽”，但其大小、深浅都明目张胆地摆在我们的面前。

如此，锁到底是一个现实主义者，还是一个浪漫主义者呢？或者干脆就是现实的浪漫主义者。它从现实出发，以钥匙进行实证与检验。但它却又那么有情怀地浪漫着，一把钥匙让你放下所有辎重，轻松上路远行，同时又把一个漏洞摆放在大众面前，并且以不大不小的形式曲径通幽地摆放。我分明看见那个发明者在对着我们笑，我也分明听见法国作家蒙田用梦呓般的真理在讽刺我们：“人坐在这个世界的最高贵的宝座上，但却是坐在他自己的屁股之上。”

锁其实在它发展的每一个时代，在建构壁垒提高自己的防护能力和保护主人的同时，无论是以浪漫的还是现实的方式，都是在进行着对小人的提纯，提高他作为君子的成色与亮度，提高他“自律”与“他律”的能力。

锁本就是“自律”与“他律”的化身。当然锁在“他律”的同时也“律他”，甚至也是对蒙田所提出的那个真理的反抗。说实在的，这也是锁之为锁的本来意义。

静夜思

静、夜、思，将这三个独立的词首次明明白白地联系在一起的应该是李白。在我年少时就知道了这一点，但也仅仅是知道而已，却并不清楚三者的准确关系，更不知其合成品除李白的《静夜思》之外还有没有、有多少其他模样。也就是说，我只知《静夜思》，却不知如何区分静、夜、思，更不知动词的思变成名词的思想是如何在静、夜产生出结果来的。

思想是否真就是夜的产物？很少有人能理直气壮地下这个结论。但于我，的确总在夜晚做出决断，总想在静静的漆黑一片的晚上向着思想的深处逼近。宁静而漆黑的夜晚，到底是思想的一个媒介还是思想的一个镜像？

思想漆黑一片。但我感到思想仍然有光亮，来自思想内部的光亮会向思想者敞开，引力似的响应着思想者的呼唤。尽管虚幻，但却是真实的存在，只要有足够的宁静，就有足够的感受。

应该是越往夜的深处靠近，这感觉越强烈。

一切浮华、一切尘埃都在此时安睡下来，一种依附于存在的生存的奔波，让他（它）们自然而然地安静下来——落地为安！此时，却是一切思想之光亮张开之际，许多在白天，由于阳光的持续朗照而卷曲起来的叶片、花朵以及其他的存在，现在开始张开、敞开，甚至是张望着，向着这熟悉而又拭去了赤橙黄绿的夜晚。星光、月光，虽微弱，但却不管不顾地持续进行，持续地点亮思想并凝聚起思想，让思想通透起来，澄明并闪亮起来。实际上，我感到星光、月光本身就是思想的一部分。它们在我们的前后左右，风将它们摇晃、移动，并默默与之窃窃私语。

宁静致远！宁静就有露珠形成并滴落至泥土！从这个意义上讲，宁静不仅致远，而且致近，近至渗入脚下的泥土。

人类是通过怎样一种手段在漆黑一片的夜晚找到思想的，或者说思想是怎样在漆黑而又茫然一片的夜色中让人类找到它的存在的？夜晚因而有萤光闪闪，有灰白的深浅不一的路向前，弯曲地伸向田野，伸向山冈，伸向村庄。

但它会准确地绕开村庄。我从没见过哪一个村庄是居住在路上的。这正如思想与夜色合二为一，与星光、月光合二为一，但又是那样的泾渭分明。“夜来八万四千偈”，苏轼说的每一偈都是一道思想的敞开的光亮，但哪一偈又都是“言无展事，语不投机。承言者丧，滞句者迷”？

一个事实：夜晚是一天的终结，是人类一天劳作结果堆积的地方，是人类的一个净化装置。不仅是人类，动物、植物也悉数在此净化。

这净化的装置是一个谷场吗？我曾见过乡村的谷场，黄灿灿一片，四周半岛似的围着草垛，高高在上，与稻谷、麦粒区分开来。我们捉迷藏只在草垛间进行，只能躲进草里，而不能进入谷堆。谷堆不仅有大人在看守，而且沉甸甸的谷子，不适合捉迷藏，只适合我的劳作的父辈对着它默默点头，默默摇头，又了如指掌地默默沉思。甚至也不是沉思，是什么也没有做，只有那吸一口便闪亮一下的旱烟告诉我们这些捉迷藏的孩子，那与夜色区分开来的漆黑一团是个人，是我们的乡亲。

一片树叶在飘落，一只蟋蟀在那片草丛中静静地鸣叫，一颗田瓜在发出生长前撕裂的声响，一头牛半躺着，在甩着尾巴，发出反刍的咀嚼的声音，一只猫在马头墙上轻轻一跃，一颗流星，划破天空，一闪而过……这些是思想吗？这些是思想在游荡吗？但这些肯定是在向思想的深处逼近的某种方式，某种意味深长的指引。

李白因而能在这个指引下，将静、夜、思三者完美地合成起来，并写下了《静夜思》。李白写《静夜思》时，远在离家千里的扬州，是距离让他在夜晚对故乡进行思考，是宁静的月色促成他努力去解那个因远离而突然浮出而弥坚的故乡的结。事实上，李白除了在夜晚努力去解故乡之结之外，肯定也进行了其他的思考。“青天有月来几时，我今停杯一问之”，李白不仅停杯千年一问，而且千年一答：“人攀明月不可得，月行却与人相随。”（李白《把酒问月》）既不可得又与人相随的当然不只是明月，明月只是一个影子，附着其上的还有静夜直接指向的“思”。“思”照彻环宇，照耀人类前行。

照彻而不可攀，照彻而不可得。人类对于思想只可拥抱而不可拥有。我想起了那个颜渊的喟然之叹：“仰之弥高，钻之弥坚，瞻之在前，忽焉在后。”（《论语·子罕第九》）这正如人类之于世界，世界胸有丘壑，心存大海，但没有哪一样是属于人类的。即便孔圣人，即便有比大海更宽阔的胸怀，比丘壑更深邃的谋略，那丘壑与大海仍然不属于谁，仍然不属于谁地存在着，千年万年，也只是“瞻之在前，忽焉在后”。曹操因此只能“对酒当歌”并因而感慨“人生几何”。

大海永远跳动，永远起伏，应该是一种不得不起伏的起伏，并不因有无桅帆，有无鸥鸟，有无沉舟而起伏。那些生命就在它的深处游动、吞吐，并时时露出水面呼吸。呼吸是张望吗？那些尘埃、那些残骸就从它起伏的波浪中，露出水面的呼吸中缓缓沉入底部，不再醒来，不再飞动与前行。

我常常想，大海的跳动、大海的吞没、大海的张望产生真理吗？静夜之思直接指向真理吗？

海德格尔在其《形而上学导论》中说过：“在者之为真理，是因为其存在。在者这样的存在，即真理。这就是说，它是在一种敞开形态中显现自身的力量。在自身显示中，敞开者站出来了。作为敞开的真理并不是绑到存在上面去的一个附属品。”也就是说存在的敞开就是真理。真理在根本上并非就是主观与客观相符、判断与对象相符，而是“存在自身的显露、敞开与照亮”。

领会了海德格尔就领会了静、夜、思？我知道，那么多的夜晚在海德格尔的思想中浑然不觉地消失，即便“站起来了”也没有任何足迹。即使有，也被人类自己用各种方式方法覆盖。那些青青翠翠的小草、稼禾那么轻快甚至热烈大胆地自觉地走向枯萎，永不返回，一茬一茬，一年一年。

这些都应该是海德格尔式的“存在者的显露、敞开与照亮”，是真理，像我们小时候捉迷藏时看见的一闪一闪的旱烟。

一把断了弦的二胡

我不知道一把断了弦的二胡是否还称得上真正意义上的二胡？

它就蹲伏在我书橱的顶部。不对，应该叫瘫痪更为妥帖一些。除偶尔出差在外，我们几乎每日都能相见。既不相见如宾，也没有相见恨晚，更没有相视一笑。而是一种漠然，视而不见的感觉，一层薄薄的灰尘覆盖其上。其实，我也把那根弦从超市配了回来，但就是没有兴致安装上去，以致它一直瘫痪着，没有了那根弦也就没有了二胡作为一种"颤巍巍"的生命真实地存在着。我不知道我的这种行为够不够时下所说的"不作为"？

一时之兴致改变了一件物品的存在，甚至改变某种生命包括周瑜所云"得弦歌而知雅意"之意的存在，以致不存在。周瑜有了兴致，所以就有了"雅意"的存在，这个"雅意"也许直指赤壁那场大火。但我没有，我的没有直接导致我的那把二胡瘫痪至今。我当初如果将那根弦安装上去，是否就会有另一场"赤壁之火"？这种现象在这个世界上应该每天都在发生。这种发生，实际上也是一种没有发生。我想如果这样的一些事情都发生了，那必然有另外一些事情没有发生，那世界会是一个什么状态？但它没有发生，而是现在这些事情比如“那根弦没有安装”之类之事发生了，因而世界也就成了现在这个状态。

我不知道我为什么就失去了安装那根弦的兴致，而我当初为什么有兴致购买这把二胡，甚至在其弦断之后，又立马去选配买了回来，但买配回来之后，却突然失去了那个雅兴——这实际同样是一种断裂，我脑子里的那根弦突然就断了，且无从稽考——安一根弦与去超市配一根弦花费的精力与时间实际要少得多。这个突然没有完成的动作让我对自己匪夷所思，也就是说我肯定还有许多类似的事，甚至可能出现翻了我个人的天与地的事。由是，我想，假如先秦无名氏那首《弹歌》所记述的不是“断竹续竹，飞土逐肉”，而是像我“断竹”不“续竹”或“飞土”不“逐肉”，那又将如何？那可能就是“蝴蝶效应”中那对翅膀扇动一下的效果。

我写诗也是如此。突然写了某一首的开头，然后因了某种原因没能继续写。是别的事更急，还是突然就没有灵感，还是感觉这种思考已然陈旧，没有必要写？反正，这首“诗”最终不能在这个世界上以诗的形式存在。我抽屉中，包括我电脑中存有很多这些无辜的“神龙见首不见尾”的“伪诗”，以致世界上永远不会有这些“龙”了，即便我现在把它续写完整，我想也不可能是原来的那个模样了。它已经成为一块“飞来石”，前言不搭后语地兀自存在。

这个兀自存在是一种残缺，也是一些碎片。宇宙中大量地存在着这些碎片，世界就是由许多不经意“不更换琴弦”式的改变而导致的碎片组成的，甚至包括那些绵延不绝而又断断续续已然风化了的长城。

二胡在我这有限的音乐知识里只能追索到阿炳，因而二胡在我心中一直是一个残缺的乐器，残缺得只有两根弦，残缺得只有也只能用它那瘦弱的骨架支撑它的全部。尽管这瘦削不一定因为岁月的刀砍斧斫，它展现在世人面前也不一定倔强与昂扬，不一定敦厚与横槊赋诗。但阿炳让它“颤巍巍”地抖动，既可咆哮江河，也可舒展松柏，既可万马奔腾，也可二泉映月。它甚至也符合阴阳二律，契合高低贵贱，两根弦像北宋医家徐之才所著《药对》中的对药即姐妹药那样：党参、黄芪，柴胡、白芍……成双成对地出现、拨动、呵护着突然有些残缺的人，以致这个有些残缺的世界。那些音符也是残缺的，因为它们在不断向前颤动式流淌，直到汇入江河大海，戛然而止。我想阿炳就是靠着拨动这两根弦判断阴阳、调谐音律、感悟人世、呵护残缺。

日常世界真是奇妙之极，奇妙得契合着“东方不亮西方亮，黑了南方有北方”。一些事情发生了，而另一些事戛然而止。

世界如此敞开、敞亮，所见之樊篱既可逾越，也可绕道而行，但世界又如此的不可见，充满着不可能。就像乡村中的羊肠小道，不断地分叉，但我们只能选其一而行走，并一条路走到黑，而另一条路我们便难明就里了，即便近在咫尺。我现在才算理解了李商隐为什么向世界责怪式地发声“锦瑟无端五十弦”，也就是说，事实上，世界只有一根弦被拨动，当你拨动另一根弦时，原来的一根便不存在了，即“东方不亮西方亮”。另一根是永远的“东风不与周郎便，铜雀春深锁二乔”的假设与放弃，“铜雀春深锁二乔”是苏东坡的假设，在我看来，这种东坡式假设直接走向了“谬论”与伪科学。

阿炳以其内心的颤抖迫使二胡的两根弦产生出经世的曼妙的音符与旋律。这“曼妙的音符与旋律”似乎是一种变体，用哲学家的话来说，是一种符号的仪式感。这个“符号的仪式感”让“符号”本身成为一枚蝉蜕，而“蜕”之后的蝉即仪式涵括着一种隐隐存在着的生命——它们有水有土有阳光就会茁壮成长，彻底地改变二胡作为一个瘦骨嶙峋的工具在世间的存在，从而饱满起来、丰盛起来。

我没能让我的那把二胡饱满与丰盛，我能做到并已成为现实的是让那些尘灰有了它落下的地方，这也是一种方式。否则，这些尘灰便会落向别处，比如落向那些书箱，比如附着于那些衣服。我本来就不怎么会拉二胡，拉出来的或有曲无调，或有调没曲，类似于五音不全，我儿子从小就调侃我说，好像都没有放佐料，难以下咽。这是不是那根没有续接起来的“事件”的真实隐密。用时下经济学原理的解释：没有了“刚需”，便没有了市场动力——我儿子都不愿听，哪来的“刚需”。上帝因此用尘灰将其覆盖，并指引我走向现在正在走着的这条羊肠小道。

我知道，一切物品都自觉不自觉地进行着一种对现实的依赖与摆脱。一切存在的物品又都是这种依赖与摆脱的结果——“断竹续竹，飞土逐肉”真是美妙之极。我摆脱了那把二胡，没有“续竹”，我儿子也是，我的世界因而成为现在的样子。世间是否少了个阿炳？或是少了一部《命运交响曲》？我想这个东坡式假设总是伴随着并将永远伴随着我们人类。其实，世间只要一个阿炳，也只有一个阿炳，独一无二，这实际就是世界的全部。

我曾为我的二胡写过一首诗：《对墙上一把二胡的思考》，诗中这样叙述：“岁月逼仄得 / 只剩下左右两根细线 / 对称，但 / 不均匀 / 这也是历史。”其实历史永远只有一根弦在拨动，不管是轻歌曼舞，还是命运交响，也不管你是无端五十弦的锦瑟，还是手风琴或者钢琴。

恐低症

许多人都有恐高症。我也不例外。

我是什么时候被发现有这个症状的？是来自生理恐高还是心理恐高？我自己对此一点也不清楚，就像不清楚自己有高血压、高血脂一样。我虽然没有周边患有恐高症的人那种眩晕、恶心、食欲不振等诸多症状，但我仍然坚决地认为我有恐高症。一项调查表明，91% 的现代都市人患有恐高症。我同时坚决地认为我就是那 91% 中的一员，尽管我并不是一个严格意义上的都市人。

网上搜索才知道，恐高症又称畏高症。一般分两种——正如我上文所述。在高处（比如爬山、在悬崖边）恐高，是生理恐高；怕高处的人或事物（比如追求更高更好的东西），见到比自己强的人或事物，自卑退缩，是心理恐高。

其实，按照我的理解及体验，恐高症并非如网上所说，或者说网络资料所描述的生理恐高不够全面。我感觉到我的生理恐高，主要是不敢站在高处的边缘地带如高层建筑或悬崖峭壁处，亦即在类似于此的地方往下看。每当我试图在这样的地方往下观看的时候，我的脚底便冷风飕飕，腿肚子发软、打颤。许多人说高处不胜寒，对于我这样有生理恐高症的人来说，低处——万丈深渊之处仍然让我不寒而栗。从这个意义上来说，我的所谓恐高症应该叫恐低症。因为我的害怕类似于徐志摩“最是那一低头的温柔，不胜凉风的娇羞”。而且，我认为不仅我如此，许多人也应该是如此。近来有一条新闻，张家界玻璃桥，这个用越野车碾压也没有任何安全问题的世界首座斜拉式高山峡谷玻璃桥，首批去的人竟然是爬着回来的。

我常常想，那些住在30层楼、50层楼且患有恐高症的人为什么没有“冷风飕飕”如临世界末日的症状？他们在自己家中或站在自家阳台之上自由自在，做着任何他想做的事。我想这大概是因为他们的房子被打上了“围墙”，把那万丈深渊“裱褙”起来了，看不见那“万丈深渊”，所谓“眼不见为净”。当然，这里的“净”应该改为“安静”的“静”——这也就是说心“静”是一个治疗恐高症的有效手段。实际上那“万丈深渊”就在他的床头，只不过隔了一块砖而已，有的甚至就是一块玻璃的厚度，有的只需一根绳子——难怪有救命稻草一说。一根绳子居然能让人在惊恐万状的情况下获得着实的安全感。千年前古人就有“掩耳盗铃”一说。如果《吕氏春秋》的这一故事属实，那么现代人的所谓“恐高”可能就是“掩耳盗铃”的升级版了。当然，这里的“掩耳盗铃”指的是住在30层楼、50层楼且患有恐高症的人。在这方面，我怀疑历史到底是否前进？

处于高处边缘地带的人为什么会害怕往低处看？实际上，我们自己心中清楚这个“边缘”并不足以对生命构成威胁。我自己就在低处的边缘地带多次模拟过，并清楚地证明了这一点。

这实际就是一个悖论。我把它叫作“恐低症悖论”。我们中许多人都处于这样一个“恐低症悖论”之中而不能自拔。实际上，每一个体都来自于低处，且依赖低处而生存亦即存在着。放大一点讲，低处有花草虫鱼，有五谷杂粮，有水，有足够让我们呼吸的空气。有风穿堂而过，但并不“冷风飕飕”，即便是凛冽的北风，也只让我们简单地加上一两件衣服而已，而与其他无涉。

关于恐高症的治疗方法多种多样。我认为最有效最实用的方法，应该是暴露疗法。暴露疗法又称满灌疗法。它是鼓励求治者直接接触引致恐怖焦虑的情景，坚持到紧张感觉消失的一种快速行为治疗法。

静静的雷池

我的家乡属雷池大地。

其实我与我的父老乡亲除了从《晋书·庾亮传·报温峤书》所云“足下无过雷池一步”这句流传并最后成为成语的语句中概念性地知道雷池，并从中窥见一星半点雷池的模样外，并不十分清楚雷池的大小、由来及其命脉。雷池因而在我们这一辈或上下几辈人中几乎成了一个虚置，甚至都不是一个幻象。按照斯洛文尼亚哲学家齐泽克的幻象理论：幻象是欲望上演的场所，它遮蔽了实在界，构建了现实大厦。而雷池对于我以及我的父老乡亲，的确难以构建起它幻象的现实大厦，它是那样的沉寂与孤旅，像雷池这块土地及潺潺流动的羊肠小溪。它当年虽然真切地望见了那场战争飘散的刀枪剑戟的星火，甚至伴随累累白骨的萤光微弱的照耀，但历史让那场战争及其主角庾亮、温峤、陶侃、苏峻等都未能踏上雷池大地半步，庾亮不越，温峤亦不越，历史因而一语成谶。

雷池对于那场战争，几乎是一个旁观者。我无法知道它是否影响了那场战争，但作为旁观者却因此而得名，并超越了战争本身，我等似乎也受其庇护，成为当然的雷池之子。但我感到这多少有些无功而受禄的味道，《诗·魏风·伐檀序》说：“无功而受禄，君子不得进仕尔。”雷池是不是因为这个缘故，历史上考中进士者寥寥无几，考中状元、探花空无一人呢？（当然，进仕并非进士，但进士通常成为进仕的桥梁与纽带。）在外出打工族的现实大厦中，在我们的日常旅迹中，我们很少或从不敢以“雷池”之名耀然于眉宇间。

有史料记载，雷水进入望江雷港后，被淤泥阻塞，雷水随后改道，经由华阳河入江，家乡仍有一个行政地名叫雷池乡，就在雷港即雷水入江阻塞之地。一个乡是否可以将那段历史中的雷池，雷池中的一切囊括？我感到这几乎是不可能的。它仍然只能是一个给定的概念，一个保护，像保护非物质文化遗产那样的保护，在我看来，最多也只是启用了一个具有象征意义的符号，虽然符号存在隐喻性，但符号的含义始终在隐喻背后，其中间链条被多次多处敲碎，因而它不肯甚至无法展露它的“拳脚”与尊容，隐喻对于我等后人来说也就有了艰涩的口感，始终凌乱而难动声色。曾经有外地来望江的客商与游人，到雷池乡所在地寻访古雷池，结果什么也没有找到，该流走的已经在历史的风云中流走了。客商心中的“烟波浩渺”荡涤成了一眼望不到头的油菜和棉花。油菜和棉花成为雷池的“池”中之物，恐怕外人无法越过这样一些碧绿的符号隐喻去想象当年鲍照登大雷岸时的那个雷池。一段无法指认的历史淤泥一样抓到手上后，比那些随风飘动的油菜和棉花的叶片还要零散，只有泥土的腥味夹带着野花野草的酸辣与清香飘散着，我们闻着，客商与游人也闻着，千年不散。

我常常想，雷池，是不是一个雷区？鲍照在《登大雷岸与妹书》中说：“溪壑所射，鼓怒之所豗击，涌澓之所宕涤，则上穷荻浦，下至狶洲”，这样的一个所在也多少符合一些雷区的要件。只是我的先辈是怎么总结出来的呢？那样一个悠远的年代，那样一段蛮荒的岁月，即便是现代科学，也仍未必能测算、标注这个叫雷池的地方是一个雷区。当然，也许还有另外一层意思，那就是取名者认为此地可造就一番惊天动地之伟业，只是击碎一切的雷电般的“惊天动地”始终未能击中雷池，也未见我们先人中有谁在此有过一番惊天动地之举。

实际上这里的先人也可以说不是我等的先辈，起码不是那个一脉相承意义上的先辈。因为老人们一直都说我们这里的人大多是从江西鄱阳湖瓦屑坝移居而来，大多数姓氏家谱的谱头上都记载着这样的文字：明洪武年间某公从鄱阳湖瓦屑坝迁徙而来。

历史清楚而模糊。人类渴望知道自己的来路，尤其两千年后感觉自己不知从何而来的我们。但来路每每被堵死，堵死后又像雷池之水那样改道，形成许多分叉与支流，带着浑浊的泥土。我们的祖先在谱头上为我们默默标注，像极了《报温峤书》中“足下无过雷池一步”的那一句话，意味深长而又令我们诧异，无血无肉，却赫然其上，我们的祖先因而没有再迁徙，或驻守江边，或退至后山丘陵。我知道，这肯定不能成为打开雷池大门的钥匙，以孝闻名的孟宗、最终打败苏俊的温峤等，他们也不能。

当然，至少有一点是可以肯定的，在我祖辈迁徙之时，此地一定人烟稀少。从现在沿江地区的一些屋场小名也可看出当时的情景：杨家墩、张家墩、曾墩，等等，这些小名的能指与所指基本相同，一语道破，足可证明当时来此并居住下来的先辈是择枝而栖的，这个高处可能是自己动员子孙们垒就，也可能是自然形成，略加雕饰。四周为水，而一墩独立，一坝横亘，想象这样的居所，这样的生存环境，既有危如累卵之患，又有独钓寒江雪之美——或许，这就是智者的方向。鲍照在《登大雷岸与妹书》中告诉他的妹妹：“至于繁化殊育，诡质怪章，则有江鹅、海鸭、鱼鲛、水虎之类，豚首、象鼻、芒须、针尾之族，石蟹、土蚌、燕箕、雀蛤之俦，折甲、曲牙、逆鳞、返舌之属。掩沙涨，被草渚，浴雨排风，吹涝弄翮。”如此茫茫一片而又各类物产丰饶之地，当然就有大量避灾避患者涌入。

我们就是一代又一代的涌入者。

令我不解的是，那些江鹅、海鸭、鱼鲛、水虎等之类是因为我们祖先的涌入而举家迁徙吗？那它们去了哪里？雷池的中间链接总是一而再、再而三地被改道、敲碎，被千年的波涛洗刷，我们这些后来人无法从中找到它们的蛛丝马迹。雷池大地因雷水改道而成，其垒积起来的土地实际与山区丘陵地带的泥土截然不同，均为极细腻、极精嫩的沙土组成，非常容易被水冲走，而且是大片大片的、一泻千里的。处在这样一片土地上的我们，连自己都可能被流失掉，理所当然就抓不住这片泥土中的任何东西。

我实在无法清楚，在我们祖先的概念中，池到底有多大？一切都未留存，似乎也未备份。资料显示：自湖北黄梅以下皆为雷池，雷池位于龙感湖水域，而龙感湖是由安徽、江西之间古长江滞洪湖泊彭蠡泽收缩、分化而来。春秋战国至秦汉时期长江两岸为一体，称彭蠡泽，西晋以后长江南北分隔，江北诸湖泊为一体（龙感湖、大官湖、黄湖和泊湖）统称“雷池”，华阳河干流与雷池统称大雷水，唐宋元以后，湖面的缩小和分割，“大雷池”之名逐渐被各区域性湖名代替。没能被代替的或者说被代替为雷池的只有现今我的家乡，是它收留了这个“流浪儿”？甚至所有文献与典籍均将雷池聚焦于此，那句成语也随着文献与典籍的注解而为我的家乡的注解与诠释，并模模糊糊地走到了今天。

一场战争，留下的是令人认为的一个错误，而一个错误却衍生为一条成语，一条成语一语成谶地演绎着一个地方。我不知道这是历史的警示还是历史的告诫。但这似乎就是历史以及历史的方向。

两岸由长江奔腾不息而切成，或堵塞，或改道，或疏浚，或垒堤，但历史却因此而大门紧闭，像一种移情。庾亮、温峤、陶侃之间到底发生了什么？那场战争，那道“不越雷池一步”的命令有些像杨家墩、李家墩之类的墩子，有的绿树成荫，有的鸡鸭成群。

皇权的争夺、军事的征战带来的必是白骨累累。庾亮如果不自负会怎样？温峤如果越过雷池又会怎样？历史不允许改写，但历史常常被改道，雷池采取改道这种特殊的方式得以存在下来，静卧在长江北岸。

改道就能避开战乱？历史没能回答我，历史也无须回答。改道后的雷池在这个被标注为雷池的地方淤积，有了淤积就有了厚重，有了厚重才有了我们现在的雷池。我们其实就是历史淤积的结果。

我一直在想，这些年，包括前面提到的那些寻访雷池的客商或者游人，他们那种固态思维或者说典籍思维是正确还是错误？但不管怎样，在他们心中有一个假设，一个自己给自己下了结论的假设，这个假设充满着对雷池文化在广度和深度上的认知。寻访，虽在他们看来没有结果，只有星移斗转之后，那一望无际又起伏不定的棉花与油菜。棉花与油菜，一岁一枯荣，匆匆地绿，匆匆地给予，仿佛永远处在过程之中。但有了这个过程，对于雷池、对于寻访者本身也应该足够，仿佛这就是一次优秀寻访的构成。棉花与油菜虽不是雕塑，但它们比雕塑更有生机与活力，它们是真实生命的存在。

历史记载的永远是沉重，而泥土沉淀后，记载的是起伏不定的油菜与棉花，它们一直静静地开放。那些代替江鹅、海鸭、鱼鲛、水虎的鹭鸶飞起又落下，那些无人能饲养的麻雀终日叽叽喳喳，但它不会离开我们，它们不断从杨家墩飞到李家墩。

那年，那味……

“炮竹一声除旧岁”。的确只需一声，那年味就浓了，是浓烈的浓，是热火朝天的浓；那成色就红了，是火红的红，是酒绿灯红的红，是家家户户走街串巷、走村串寨的红。那时的乡村，简直就是一首热气腾腾的诗，甚至用“妩媚”来形容也不过分。男女老少都穿新衣服，都满面堆笑，都老远就抢着打招呼，每一声招呼都是祝福、祝寿、祝长久，都是贺喜、贺岁、贺平安，一行一言都是妙语连着鞭炮放、脸蛋迎着门联红，都是让你喜不胜收、合不拢嘴的抒情，真正是一个“柳欺梅妒”的奔放世界，充满着万千宠爱。

这样一个日子，打个喷嚏都是香的。特别是那平日里只有单一劳作模式的乡村，特别是我们这些孩子们，孩子是乡村里“白日放歌”的花朵，略带着野性、略带着放肆，既属浪漫派又属象征主义，那过年时节、除夕时分，就是我们的天堂，就是任由我们天马行空地拨弄的琴，怎么弹都入耳入心、都忘情忘怀，我甚至感到，每一个孩子都是在这样一种拨弄与被拨弄的向往中长大的。这向往对于孩子们来说就是把体内积蓄了一年的渴望全部进行清仓大甩卖，且一直甩卖到正月十五还余兴难了、余温尚存。家乡有句俗语，叫：“大人望插田，孩子望过年。”一个“望”字让孩子们踮起了脚尖、猫起了腰身、铆足了劲头。一年的期许虽在那春寒料峭的插播中展开，一年的收成却在这“重重似画，曲曲如屏”的年味中展示。这“重重”与“曲曲”就是应接不暇的东家宴、西家请，张家粑、李家枣，《红楼梦》中开列的那张单子：屠苏酒、合欢汤、吉祥果、如意糕……在我的家乡叫法虽没这般月地云阶，但却注满了“清水出芙蓉，天然去雕饰”的诱惑与情怀，充满着穿透力，甚至到现在我还感到余音袅袅。

儿时的我们对于过年，几乎就是从年头盼到年尾的。对于父老乡亲来说甚至不仅是盼，还是实打实地行动着、躬耕着。细细嚼来，年味不就是从那些“才了蚕桑又插田”的雨丝中飘来的吗？不就是从平日里“食不加肉，衣不重采”（《史记·越王勾践世家》）的节衣缩食中飘来的吗？不就是从“丁壮俱在野”（韦应物《观田家》）的劳作中飘来的吗？只是到了腊月就有了那么些泾渭分明的某一天，比如腊八，家乡就有“过了腊八就是年”的期待。我的家乡不兴吃腊八粥，但娶亲嫁女搬新房、顺鸡顺猪进祠堂等都在这个日子里完成——我的家乡杀年鸡杀年猪不叫杀，杀不吉利，因而叫顺，下年的顺畅就是从这里开始的。再比如腊月廿四，有的地方叫祭祀日，我的家乡叫过小年。小年像序曲，像扉页，家乡有俗语，叫“长工短工，廿四满工”“有钱无钱，二十四回家过年”，说的都是对回家团圆的期盼，除此之外，腊月二十四这一天，家家户户要带着孩子上祖坟山，迎接祖宗回家过年，祖宗在外为我们祈福祈寿辛苦一年，也要与家人在一起吃团圆饭，我记得桌上摆了他们的碗筷，龛里奉了他们的酒茶。此时的乡村，就像是把一壶老酒放入了灶膛里，等待温暖的时辰，时辰一到，整个村子就开始溢满酒香。

在那个物质匮乏的年月，听父母亲说得最多的一句话就是，这东西要留着过年用，那衣服要留着过年穿。活脱脱，过年就是个大本营，正所谓“穷日富年”。一年的汗水、一年的积攒到除夕之夜都酿成了蜜，众星捧月地奢侈一回、倾情地阅读一次。

我印象中：插田的时候一定要插点糯稻，糯稻产量不高，但必须种，糯米过年要用来做糍粑，糍粑要用来招待拜年客。

田头地角一定要种上点玉米，过年要炸爆米花，爆米花熬糖，熬糖送亲友。炸爆米花没有确定的日子，反正是临近年关，“轰”的一声巨响，让整个村子都飘着爆米花的香气，整个村子的孩子也就都往那个炸响的地方跑去。乡村宁静，一声炸爆米花的巨响真正是“宁静致远”。

边边拐拐一定要种上点绿豆，过年要搨豆丝。我不知道家乡的土语是不是这三个字，但它既是丝，更像诗，因而，我认为叫“拓豆诗”更有诗意：把磨得精细的绿豆与大米的稠浆薄薄而均匀地涂在锅里蒸熟后，拓下来，就是一首饱满而松柔而精美的田园诗了。正因为如此，现在的家乡每到冬日，请人吃“豆诗”已成时尚，甚至有的村镇长年能吃到，且已被商家打造包装成家乡元素，作为礼品远销省内外了。我就是搞不懂，这么饱满而松柔而精美可口的“豆诗”为何没有被《舌尖上的中国》节目组看好呢?

三秋（秋播、秋收、秋管）时节一定要到州区去捡一些黄豆，过年要打老豆腐，老豆腐烧肉是下酒的上等好菜。所谓州区实际就是沿江地区。也不知是什么原因，家乡一般不种黄豆，而州区却很多。记得每年我们家担任这个重任的都是小姐姐。也不光是我们家小姐姐，整个村庄都是年纪相仿的女孩子一同前往，一个星期左右的时间，她们就各自挑着几十斤黄豆兴冲冲回来。

打豆腐有讲究，多少道工序我已记不清了，但我却记得第一块豆腐一定要敬给祖先先尝。其实，在我印象中，春节用的每一样东西都必须先敬祖先。父亲说，要知敬知重知恩，祖先保佑全家年胜年。我知道父亲讲究的是孝道，同时也在教我们如何履行并传递孝道。

我不知道父老乡亲到底为过年准备了多少流程。糍粑豆腐爆米花，熬糖顺猪山芋粑，搨豆丝贴对联，祭祖宗放万鞭，拎着糖包去拜年，拜年拜到元宵节，数数还剩三家客。即便是这个顺口溜也不全，但我一直记得那个糖包的模样。邻里乡亲的糖包差不多都是父亲包的，那时没有塑料袋，甚至少有塑料制品，父亲折荷叶、裁报纸的声音像一种清脆的书写，几两糖（说是一斤，实际没有，因为既买不到，也买不起）用夏天就已准备好的荷叶包着，外面再用旧报纸包起来，再外面系一根红绳，尖尖的，规整的金字塔形，讲究的人家还会在那尖顶之上覆盖一长方形的红纸帖，叫“鸿运当头”，神圣极了。

我一直没能继承父亲这门讨人敬重的手艺，我只知道到处放炮竹。孩提时代，大人们喝酒、打牌、谈论一年的收成与下一年的盼头，而我们便不管不顾地放爆竹。我们跑到田野用爆竹炸过獾子洞与黄鼠狼，回到乡村又把爆竹放到狗的尾巴上、放到邻家的猪圈里。那一年，我把映梅家猪圈炸了，那头猪吓得把映梅冲倒了。我们两家本就有矛盾，我心想这下完蛋了，过年还要打架！但事情却恰恰相反，父亲过年不打我，还主动上门赔了礼，此后，两家反而和好了。

第四辑　时光流逝

谁还比村口的那棵树更加
难以企及
年年自我否定又自我肯定
年年放弃那些花那些果实与叶片
但它永远不放弃
紧紧握住根的泥土

扶贫记

我突然想到我去扶贫的村寨，那个地处泊湖边的团山村的民风是少见的纯朴。它悄立湖边，既低头也仰望，甚至远不止于纯朴，而应该是淳朴，淳厚、醇香间挟带着质朴，一种能让我品着甜、含着怡、尝着香的味道，这味道似乎到现在还在我唇齿间激情地荡漾着，一种美到心尖的感觉。

我的家乡望江县是国家深度贫困县，在今年脱贫摘帽之列。几十年来我生活、工作一直都在本土，像许多人一样没有真正离开过家乡，靠家乡的山水滋养着，依家乡的丘陵山冈起伏着。对，家乡的确到处是丘陵山冈、湖汊塘堰，有顺口溜为证："黄土冈，丈把高，大水淹来就齐腰。湖里游，沟里滚，日晒三天成火坑。"怕涝、怕旱是家乡一块厚厚的胎记，真的摸不得，一摸必生痛，真的经不住敲打，一敲打必伤筋动骨。

我曾在散文《泊湖记》中这样描述过，泊湖横跨皖鄂两省，从安徽望江华阳镇进入长江，应该是长江在此长期形成的一节"盲肠"。现在看来并非如此，泊湖应该是长江这根脐带上拴着的一个孩子，由长江滋养着、灌溉着，两千年仍然未断。实际上，人类生存的过程就是挣断脐带的过程。

春节前夕县里安排了一系列活动，扶贫队长老胡告诉我，春节前每位帮扶人必须走访慰问其帮扶对象户，了解他们春节期间的生产生活，送去关怀温暖、祝贺祝愿。收到这条消息时我在外地挂职，但那不是能例外的理由，老胡嘱咐了我。实际上，涉及扶贫的事，几乎没有理由例外——我感到，在深度贫困县里，每个体制内的人都具有这样一个身份，这样一份责任，甚至也不仅是体制内，它关乎所有人所有单位。

今天是星期天，我早早就起来了，与我的帮扶对象户通了电话，妻子问我为什么那么高兴，我回答不上来，但我知道在这方面我比我的那些帮扶对象户还要容易满足。因为他们平时都在外务工，一年之中几乎不回来。连面都见不到怎么帮扶？这个责任实际让我们这些帮扶人感到莫名的大。

仅仅打个电话是帮扶吗？双方经常都在这样责问与追问。

特别是汪华中，往年要到腊月二十七、二十八才回到村子，而正月我们还没正式上班他就奔回到了他的打工地。我常常与他开玩笑，你这几乎是不给我与你见面的机会呀！

我看了一下日历，今天是腊月二十二，他居然在家，与我通话的语气居然不像往时那样硬邦邦，而是露出了平时少有的绵柔感。我怎能不高兴！他常年一个人生存并生活着，父母早年不在了，一个哥哥已成家立业，不在一起生活。三十出头，人相当老实，腰板相当结实，但性格也相当结实，结实到有些刚硬，可能正因为如此，至今他仍然长年在乡村与城市之间徘徊着，找寻着，既无牵无挂，也有牵有挂。我常常想，三十出头的小伙子，上不用养老，下不用养小，咋成了贫困户？有一次我曾壮着胆问过他，他说他就是贫困户，不行吗？我没话说了，他理直气壮，我当然就理不直、气不壮。与他类似的我的帮扶对象户还有一户，只不过年龄小一些，比我儿子还要小，原来属五保对象，这样的情况属贫困户就不用壮着胆子问了。他从小父亲病重，欠下一笔债走了，母亲改嫁他乡，留下他一人。两间破败的瓦房在我还不认识他时就已经坍塌了，屋基上长满了野草，夏末时，比人还高。在乡村，特别在贫困的乡村，没人的地方总是会长出这样大片大片的野草，让人心慌意乱，大约是这个原因，古人干脆就叫它荒草。好在他母亲改嫁的地方并不远，他不用去管这些荒草是怎样强行霸占他的屋基的。他曾告诉我，叔叔待他也很好，每年打工回来都在叔叔家过春节，这也让我感到他的家仍然在。

在贫困的农村出生并长大，我对贫困当然熟悉到有自己许多不变的标准。有些标准是让我生痛的，从内心里生出来的痛，就像我的帮扶对象，他们那深一脚浅一脚的身影，总是那么沉重，总是让我想起罗中立的油画《父亲》，那时时锁着的愁眉像他们的步子一样展不开。是承载的太多还是乡村的水泥路太窄？但乡村实际是天开地阔的，是能跑大车小车的，每一辆似乎都必须经过乡村，在乡村掉头在乡村拐弯。田野里，无论是冬季的麦浪，还是夏季的稻禾，都是那样的籁籁洒洒，每每都是朴素与亲和，心会旷远，耳会清爽，眼会澄明，甚至就像眼前道路两旁已然枯萎下去的狗尾巴草，在这个冬日的暖阳中仍能让我感到丝丝白洁的暖流，如果我们将它拔出来，它的根必定是鲜活脆嫩的，谁都会忍不住对着它深深吸一口那充满生命的泥香。

记得上次来时，道路两旁还是满田野满山冈的金黄，现在如释重负了，远远望去只剩黑黄的稻茬，一堆一堆的草垛错落在田埂上，有牛犊缓步，有鸡鸣狗欢，有三五棵灌木青绿在薄薄的冰凌中，给人一种舒畅的感觉。老胡把车停在路边说你一个农村长大的孩子咋那么矫情。我又回答不上来。是矫情吗？是，也不是。这个村子虽与我老家无本质上的区别，但也有隔河隔岸的不同，“三里不同言，五里不同天”。我虽不与它朝夕相处，但来去之间，鞋帮上免不了粘上了它的泥土，手掌上免不了粘了些它青涩的草香，心自然就有了某种牵挂与期许，人与人，人与村庄……概莫能外，华中、护斌、艳伢……每一个名字都有了岁月的厚重与纯净，即便我们不互相牵挂着，他们也仍然在他们自己的那个位置上 24 小时地奔腾，365 日地打磨，唇红齿白，笑盈盈的。

我先是到了护斌叔家，老两口都已临近八十，没有儿女，他曾告诉我，早年抱养过一个女孩，又乖巧又漂亮，那年打农药，不幸中毒夭折。每谈至此，二老脸上短暂的兴奋便转为很沉的漠然，是悲苦二字无法形容的。时间让他们白发丛生，时间对痛苦的打磨，裂痕虽除，但磨损度非常大，像磨刀石比原来低矮了许多，自此老两口相依相靠，没再起任何波澜。他自己右腿早已经行动不便了，到田间地头劳作都要靠电瓶车送他一程，妻子肺部、腰部都做过手术。村里为他俩办了低保，领了慢性病证。就是这样一对老夫妻，我每次到他们家，他们都是笑呵呵相迎，那种对生活的坦然与承接的确让我心生敬重，敬重中有道不明的心酸。

护斌叔养了两头牛、三十只鸡，还种了两亩玉米，获补贴 3000 元，菜园里有菜，银行里下半年的低保补贴还没取呢！他如数家珍，我也像听新闻，但这新闻有盐有油有柴火，就是一道上好的土菜，就像刚进他家门时看见他提着的篮里的那几颗白菜，清淡可人。我注意到，他用的仍是 20 世纪流行的菜篮子，而非塑料袋，这道风景在我的家乡仍然普遍。村民们制造的垃圾，他们自己基本能处理 60%，比如厨余的东西可以喂畜禽，比如果皮、果壳直接就是有机肥，那剩下的 40% 除化肥、农药，几乎都是城里人带过去的，或过度包装，或尿不湿、塑料瓶……

我掰着指头算垃圾账，他却指着篮子里的白菜说，经过霜冻的白菜好吃，又香又脆。这些永远被我们俯视，匍匐在大地上的白菜，我们实际需要弯下腰去才可采摘。它无论经过多少风霜雨雪，总是一脸青翠地面对，一心白洁地生长。且霜打一次，其味就香脆一分。

“我家园里的菜自己吃，不下肥，不打药。今天中午就在我家吃白菜烧肉吧！没在我家吃过一餐饭，过年了，也该吃一餐。你放心，肉也称回来了，鸡也顺了，鸭也顺了，就在那儿。”他用手指着吊在那里的一大串猪肉，足足有一二十斤。“我叫村里干部来陪你，我家也不是那样脏呀！”我知道老人在用激将法，他比那颗白菜还要善良与洁净。记得有一回，我看见他家茶几上有因农忙而没来得及擦去的尘灰，便拿起抹布想帮着擦一擦，老人一下子激动得不行，连连说那不得了，要五雷轰顶了，他把自己压得那么低，把我们这些所谓城里人看得比什么都贵重。

我说：“不是那意思，护斌叔，我从小就在地沟里爬，田沟里滚，我们家也是吃泊湖里的水，你家到我家只隔两个湖叉，很近。说脏，我们一样脏，说干净，您老比我们干净多了。主要我今天必须见一下汪华中，约好了。”

“那你去吧。”见我如此，老人不再坚持。他告诉我华中在家，刚才去园里摘白菜回来时看见了他。“华中这孩子有喜事了，你知道不？”我说：“我不知道，什么喜事呀？”“他要结婚了。”这真是天大的喜事，难怪今天早上讲话语气不一样。

从护斌叔家出来，刚走上村中正路，远远就看见华中站在门口喊金哥。一声金哥朴素真诚，就像他家刚贴上去的大红双喜字，喜洋洋的。没有了上次见面时胡乱穿着的邋遢，岁月围困的沧桑此时被他一身崭新的西服赶走了。

“金哥，真的感谢你，帮我拿到了修房子的钱，你看我这房装得怎么样？”华中说的是危房改造资金，他家符合这个条件。我说是村里乡里帮你把资金申请到位的，我真的没帮什么忙。趁着华中为我倒水，我注意了一下他家装修一新的三间平房。真是人逢喜事精神爽，房子也爽着，那些家具也爽着，那曾经漏过雨水的地方，现在严丝合缝，只透喜气，泪痕一样的污迹没有了，媳妇在灶间忙碌着，真是有女人忙碌的地方就有男人安稳的家。他说他与媳妇是去年在一个厂子打工认识的，准备正月初六办喜酒，“到时你一定来喝一杯，要像帮我扶贫一样帮我撑个面子。”

“这顿酒我一定来喝，你不请我也要来。”我问他去年挣了多少钱。他笑着说反正我办喜事不用借钱，“耍滑头”中带着憨厚。他又甜甜地喊着他媳妇，我没听清，但我听到了他叫媳妇把准备好的东西拿给我。

“金哥，这是我俩的一点心意，你一定得收下。”我一看是两条中华烟和两瓶酒，一下站了起来说：“你这是什么意思？是要打我的脸呀！”他俩也激动起来，一个拉，一个拽。我说那个危房改造资金是你应该得的，就连乡里村里也不用感谢，更何况我！我边说边挣脱边往外跑，见我跑出了门，华中居然追了出来，我马上严肃起来说：“华中，我告诉你，你再跟着我，我翻脸了，永远不理你。”见我一脸没见过的认真，他愣住了。“快回去，媳妇在等你烧饭，初六我来喝喜酒。”

车子发动后，我看见华中仍然愣在那里，一动不动，不知是前进还是转身，冬日的阳光下，一脸无助的茫然，憨憨的像做错了事的孩子，他手中装着中华烟的红方便袋，一晃一闪，有暖意，有无邪的深情。

在回来的路上，扶贫队长老胡说，两条中华烟和两瓶酒，可能要他们半年的积攒呀！这些村民仍然奉行的是滴水之恩涌泉相报。我知道我甚至没给他滴水之恩，是他们自己一步一步艰难地前行，一锹土一锹土去培植，一锄头一锄头去挖掘，他们的温情善良就如村庄旁的溪流，慢慢渗透进了这一锹一锹挖着的贫瘠的土地里，那些丘陵山冈因此而麦子抽穗、稻花飘香，泊湖因此而静影沉璧、渔歌互答。

素面朝天

布罗茨基在一篇题为《旅行之后，或曰献给脊椎》的散文中这样写道：无论这一天过得多么糟糕，或多么乏味，你只要四仰八叉地躺在床上，便不再是一只猴子，不再是一个人，不再是一只鸟，甚至不再是一尾鱼。布罗茨基继续写道：其中的意识会仰面躺倒，放弃抵抗，准备休息，而不愿去与现实算清账目。

布罗茨基的话清楚地表明：生活是一种抵抗，与自然中的草木虫鱼，也与社会各色人等进行着一种几乎与其生命本身同步、平行的无休无止的抗争。而躺下，尤其是四仰八叉地躺下，更尤其的是躺在床上，便会放下这些抵抗。我用放下而不用布罗茨基所说的放弃，是因为这种情况肯定是暂时的，瞬间的，而“弃”则意味着不再需要。不久的将来，那个糟糕的“你”就会卷土重来，继续与现实算那笔还没有算清的账目——暂时的连一尾鱼都不是而舒展开去。也就是说，此时的人已然不是他自己了。

我曾有过记不清次数地四仰八叉地躺在床上的经历——之所以说记

不清次数，而没有说“无数”，是因为“无数”在很多情况下是一种“不可能”的虚拟。人生不过几万天，躺在床上，且是四仰八叉地躺在床上的次数怎么可能是无数呢？许多不负责任的人，甚至包括一些学者喜欢将实际是自己记不清、不清楚或不甚明了的东西，不认真思索就称之谓“无数”或“无”。这在我看来是要不得的、啼笑皆非的。比如阅人无数，比如无意识。布罗茨基说：“意识会仰面躺倒。”但是不是“仰面躺倒”就处在了或者说进入了“无意识”？我有些不信。当然，布罗茨基也没有告诉我们意识仰面躺倒就“不再意识”。我的经验告诉我，我在四仰八叉地躺在床上时并没有真正进入那种状态，而仍然是自己。“是自己”——只要还“是自己”，自然就处在思考状态，是那个思考的自己。

我四仰八叉地躺在床上，无论怎样疲劳，眼睛总是会注视头顶的上方，在乡下，我有时会看到一只苍蝇落在桁条上，一动不动。我想，苍蝇既不能丈量桁条的长短，也无法试探桁条的承受能力，它为什么那么长时间地一动不动？是不是在仿照我？那当然不是。我既无法试探床的承受能力（实际是不敢），更无法试探地球的承受能力，我清楚地知道我是在舒展筋骨。有时我也会看着一只蜘蛛吐丝结网，那么认真，真正是一丝不苟。我好奇一只蜘蛛为什么从不偷工减料或浪费材料，每一针每一线都计算得如此精确，且没有一名所谓的监工。有时我甚至会盯着一粒灰尘在那块“亮瓦”漏下来的光照中飞来飞去，我感到它似乎在寻找自己落下的地方，却又难以找到，难以“尘埃落定”。

“亮瓦”实际是一块透明的有着瓦的形状的玻璃，在20世纪七八十年代农村较普遍，主要用来透光。我的家乡屋宇开窗普遍少而小，不知是因为安全因素还是因为其他什么，除了门，祖祖辈辈都是通过这些“亮瓦”来透光。

这些“亮瓦”漏下光来，是不是我的祖先隐隐中为了证明自己仍然是自己，仍然是通透的自己，而不是其他，并且也证明后世，让后世也自我明亮，自我光亮着前行，不明亮时也要让天光照亮，那从天空漏下来的光，即使狭窄也仍如布罗茨基所言“无疑是对我们存在意义的一个极好勾勒”（布罗茨基《悲伤与理智》）。即便躺下，即便用餐。

我想到了“绘事后素”这个成语。

我的确难以做到。我的祖先是否做到了？粗茶淡饭蓝边碗，每一样都由那一块一块的“亮瓦”映照出来，似乎每一处均可与《论语·八佾》：“子曰：‘绘事后素。’”相提并论。

布罗茨基所言四仰八叉其目的就是“绘事后素”？我总觉得“绘事后素”是对存在意义的勾勒。那些“亮瓦”也是。“亮瓦”被那些灰墙土瓦挤兑得只剩下那么一小块瘦长形，但我的祖辈仍然没有忘记，把这个瘦长型的“亮瓦”三块一组地叠成“品”字形，让我们在这个“品”字的光照下勾勒出存在，勾勒出有着端正意义的安详。

与“绘事后素”并行的实际还有一个词，那就是“素面朝天”。

“素面朝天”这个成语出自宋代小说家乐史的传奇小说《杨太真外传》，指虢国夫人不施脂粉，自炫美艳，常素面朝天。这多少含些贬义。

抛开这些，我一直认为“素面朝天”是人生的一次精确选择。当然，我所理解的“天”是指大自然，而不是虢国夫人所“朝”的那个“天子”的“天”。人应该有“不施脂粉”的时刻，在大自然面前应该有真实地呈现或曰呈现真实自己的那个时间与地点。在那个“天”的面前，静静地呈现，也呈现静静的自己，达到“我知道外面有风，但风吹不进这深沉的静”（沈天鸿《静》）的状态。甚至如梁实秋所说“整个性格纤毫毕现地表现出来”（梁实秋《论散文》）。

童年时曾有过许多次“纤毫毕现”的时刻，但那时的我不知“纤毫”为何物。几个小伙伴四仰八叉地躺在湖滩之上，不说话，不打闹，什么也不做。筋骨的舒展，让我们盯着小鸟一阵一阵地当空飞过，我感到小鸟其实也在“四仰八叉”地舒展它们的翅膀。不远处的浪花是湖水在

“四仰八叉”地舒展吗？我清楚地记得，我听到了从泥土中传来的附近的水牛啃食小草时发出的断裂声，那么清脆响亮，我甚至能听出是哪家大人的脚步在向我们躺着的这个区域走来。虽然没有“风吹草低见牛羊”的感受，但风让这个静静的湖滩动起来，舒展开去，湖滩在晃动中安静。我们也随着湖水的晃动、草的晃动而安静。

整个童年也就在这份晃动的湖滩上安静地“素面朝天”。

村庄的背面

“微弱的光。但它仍然明亮 / 仍然能勾兑出那灌木丛的轮廓 / 看不清的轮廓 / 它是灵魂的延伸？”这是我为村庄的背面写下的一首诗中的开头几句。我清楚地记得，少年时我与二哥一道在一个漆黑的夜晚，经过了这个即便在白天我也不敢一人独自前往的地方。实际上，我与二哥经过这个地方也绝非第一次，只是这次印象太深了，至今忘不了。

其实，把这个地方叫村庄的立面比叫村庄的背面或许更为妥帖，因为它就在村庄的正前方，向着湖的方向延展开去。从劳作的湖滩或田间地头回家，这里似乎是一条必经之路——这样的地方我们村有两处，像极了两个相互支撑着的“结”，解不开，且横亘于村庄与劳作的湖滩与田间地头之间，几乎将乡亲们的回家之路咽喉要道似地牢牢掌控——即便绕道田埂，也几乎是擦身而过，而无法做到将其不闻不问地抛往一边，好像必须把它放在心上才能通过。若是在白天，那些茂密的树荫完全能将我们匆匆而过的身影覆盖，把我们囊括于它或漆黑一团或阴森恐怖之列。当然这个阴森恐怖是我当时孩提时代的思想，这两个“结”因而也就是孩提时代打上了，至今仍然死扣着，未能彻底解开。

我清楚地记得，那个漆黑的夜晚，我远远就看见了前面灌木丛中有一丝丝的光亮在闪动，也是因为它的丝丝照耀才让我看见了白天记忆中的灌木丛，虽不清晰，但却被漆黑勾勒出来。借助着云层中的朦胧月色，灌木丛被漆黑辨认。我本能地反应并用颤抖的声音告诫二哥：那灌木丛中有鬼火。其实，我估计我二哥也早就看见了，只是他没有说出来。我感觉我的腿肚子当时在打颤，但又必须前行。我只好死死拽着二哥，我知道二哥此时是我前行的全部依靠。

惧怕也必须向前，这就是那个时代我的乡村教给我的生活法则之一。二哥的胆量在我印象中一贯较大，我头皮发麻地跟着他，并看着他通过手中的电筒找到了灌木丛中那个发出微弱光亮的东西：一块骨头。

就是这块骨头让我至今回忆起来仍为之颤抖。这应该是一个已逝之人腿部的碎片。它让我想到，一个人离开这个世界之后，仍然能发出光亮。这些光亮应该来自他即将消散的历史，但它却能对我们这些继续生存并生活着的同伴进行着照耀与散射，像一种询问，这种询问既恬静又忽隐忽现，让我们为之觳觫，在这觳觫的下面，战栗的停息之处，隐藏着人类千年不绝的真理。我曾在另外一首关于村庄的诗中写道："历史只剩下萤火 / 比星星还要微弱的萤火 / 在我下笔之前 / 总能照映我的笔 / 但它永远无法照亮。"

我一直不懂，一个已逝之人发出的那么微弱的光亮，为何被我们这些当下生存者称为"鬼火"，且为之惧怕。

的确，我今天的落笔绝不是因了它的照耀，更主要的是因了这个惧怕。惧怕让"鬼火"更加明亮。人的内心是否存在着原始的"鬼火"？而惧怕"鬼火"是不是原始的死亡恐惧？我不知道。但我现在想到的是另一个词：荒野长吟，那些散落在荒郊野外的点点萤火，即便照不亮，也仍然发出呼喊似的长吟。我与我二哥发现的那块骨头或者说存在者的碎片就是荒野中的长吟吗?

村庄，除去村庄本身之外，照耀村庄的就是荒野，以及荒野中的点点萤火。

村庄中的每一扇门都连接着这个荒野之地，并向着这个荒野之地敞开。有人把这个荒野之地叫坟地。我不太认同。因为坟地似乎是为此下了一个结论，做出了一个了断。我一直叫它村庄的背面或立面。我觉得它就是背对着我们，就是乡亲们的猛然转过身去。但它又在村庄的正前方，所谓开门见山，是不是从我家乡开始的?像一道界碑——那些墓碑其实就是一块界碑。上面撰刻着生卒年月及子孙名字的碑文看起来是个说明，但它仍然是一道告诫，仍然隐匿着许多对当下生存者的提醒、叮咛：不要忘记这个地方，它既是我们的来路，也是我们的意味深长的解析。

打开每家每户的门，不经意望去，它不远不近，弯弯曲曲，两旁是四季的庄稼地，常年不是金黄的稻穗就是碧绿的麦苗或是扑鼻的油菜花香。它就在这些花香的尾部或者说底部。林不茂，树不高，但足可以掩映在此栖息的一切，没有时间性地杂草丛生，所以我前面提到了荒野。我喜欢叫它荒野，我有时认为叫它荒野的确美妙。

背面、立面或荒野似乎都不能表述结论。事实上，它与那个村庄仍然紧密相关，藕断丝连，不可能有结论。虽没有了挑水的声音、哭喊的声音、说笑的声音、咳嗽的声音，但它有祭祀的声音，有花香鸟语、雨雪交加、月照枝头。还有人叫它另一个村庄，或许有他的道理。但我认为它就是村庄的一个回响，是村庄对世界或者说人类存在的一句询问。或许是一种坚守，但我的确无法知道它坚守的是什么。村庄中的人或迟或早都会汇集于此，集结于此。飘泊、奔波一生的父老乡亲最终在此扎下自己的根。炊烟会飘到这里，孩子的哭啼声会飘到这里，黄梅调也会飘到这里。

其实，我的乡亲们对这个地方有他们自己的独特表述，有更恰当的诗意的名字：一个叫面前山上，另一个叫金家下边。这样的名字在其他地方我想也会存在，甚至普遍。只要有村庄就有这样的诗意萦绕在村庄的旁边。这两个名字听起来那么直率：这座山就在我们面前。即便是下边也是金家的下边，而下边必是泥土，泥土中必有生生不息的根茎。这样的直率的确意味深长，像是父老乡亲们生活的余数。对，就是个余数，甚至也就是人类生活的余数，更甚至就是人类生活的无限循环小数。

但这个余数或无限循环小数是怎样得出来的？我的确不知。我甚至不知是哪边在做加法、哪边在做减法。那一个紧挨一个的小土堆，上面总是长满了野花野草，这是不是一种转化呢？“林花扫更落，径草踏还生”，孟浩然说的也是转化吗？我说不清楚。它虽非转世之转，但却是换了一个角度，且让我们同时也换了一个角度。那些野花野草随风摇曳，一年一层新绿，小土堆因而一年矮下去几分。我相信，有许许多多的小土堆在我们来到这个世界之前就已十分谦虚地矮成与土地平行了，或许它已经进行时地进行到了那些田畴之中，在那些田埂之下。我常常想，我的祖父的祖父，甚至更远一些的祖辈在哪里？没有人能回答上来，即便是翻破了家谱也找不到记载，找不到与之相匹配的小土堆或者说界碑。

所以我认为，一切皆有所本，而脱化无穷，且这个脱化始终是正在进行时。那些稼禾上的露珠，那些清晨鸣叫的喜鹊，那些春日飞扬的柳絮，那些覆盖一切的冰雪……哪一样都是脱化的结果，哪一处不是它们对村庄的一种再出发？哪一声不是祖辈对我们细密的叮咛？

碧绿、纤细、不声不响，有时有艾香，有时有泥腥，黄灿灿的、毛茸茸的、白嫩嫩的，有时那些鹭鸶、那些斑鸠扑愣愣就飞走了……

这一切实际也是一种不能自拔，甚至也不愿意拔出！就像那些脚步声、咳嗽声，你远远就知道是谁，它拔不出你的视线，拔不出你的耳朵。每一个小土堆里堆放着的都是一整座的脚步声与咳嗽声。如果认真细听，你还能听出土纺车的纺线之声、土布机的织布之声。几乎无尘，几乎像树梢上明月的宁静。

如果这时抬起头来，必是一眼的苍茫与浩波。的确，远处就是一眼望不到尽头的湖泊，名叫泊湖，横跨两省。泊湖虽不烟波浩渺，却也终日微波不断。有菱角，有芡实，有荷花飘香，有渔船撒网。

这柔美的抒情与灰墙土瓦的村庄、与野花野草掩映着的荒野是什么关系？我既不能确定它们是高山流水，也不能下结论说它们是渔樵互答。

但我相信，它们一切的一切都是一种存在的抵达！

时光流逝

除了人之外，除了人在一系列活动之后偶尔抬起头来之外，还有什么能切肤地感受到时光在流逝？

的确，时光流逝是人的一系列思想的结果，是人的思想所发出的感受与感叹——因为在这个人占绝对主宰地位的世界，只有人才有可能具备这样的思想。这虽显然属人本主义观点，可它几乎是正确的。套用笛卡尔的话语模式：“我思故我的时光流逝。”笛卡尔好像还说了另一句话，叫“我思故我怀疑”。有了笛卡尔的这个怀疑，也就产生了我的另一个怀疑：人如果不思想，时光是否仍然不管不顾地流逝，或者原地不动？萨特的答案是肯定的，他在《存在与虚无》一书中说：“不在那里也仍然是存在。”但这让我这个不具备哲学家天赋的人仍然有些犯难。因为“不知道”或“不在”，居然也是一种存在。这正确吗？如果正确，那么我们是怎么知道或者是通过什么方式知道这个存在的，换句话说，是怎么知道时光在流逝？谁知道并告诉你的？而知道就不是“不知道”，而这又肯定是思想的结果。如果不正确，问题就更大了，因为我们如果不思想，时光就不流逝，如果时光不流逝，我们当然便不会衰老。一个不思想的人居然不衰老。这怎么可能？事实上，即便是这个“不可能”也仍然是我们思想的结果。

如此而论，那只能认定萨特是正确的：不在那里也仍然是存在。但，这也仍然让我很不愉快，因为我无法知道，我在行走之时，前面是否有一块我看不见的挡住我去路的石头或者什么存在？如果存在，它多大、多高？左边还是右边？我几乎无法做出判断与选择，因而寸步难行。如果这个世界的人都如我这般思想，那这个世界是个什么世界？

小时候，常听到大人们叙说“鬼打墙”的故事，不存在的“鬼打墙”硕大无朋似的坚决地“存在”着，横在走夜路的人面前，让走夜路之人必须沿着这堵“墙”前行，而这样一种沿着这堵不存在的“墙”前行的方式当然免不了有风险，据说有人走着走着，就走进了池塘，不再回来。大人们说，这时候如果原地不动就没有问题，如果碰巧有人呼喊或咳嗽一下，那这堵墙便不存在了，远方会出现村庄闪烁的灯火，脚下的路即刻会清晰起来。

“鬼打墙”毕竟是虚无的，但在我的家乡及我的童年时代，它却是那么真实地存在着。而这个真实——虚无的真实让我们每一个人都没有来由地惧怕。

我现在是否遭遇了“鬼打墙”？它掩盖了一切，包括时光流逝。如果是这样，那我们就需要那个碰巧的呼喊或那声咳嗽了。碰巧的呼喊或那声咳嗽让村庄的灯火闪烁，让我脚下的路没有那个不存在的“石头”及其他。

花开花落，花香花散。这也是时间运行的结果？时间让一切都有一个结果。这个结果占据一定的空间，如果进一步梳理，这个结果实际就是空间本身。空间长满果子，一直生长，一路生长，酸、辣、苦、咸。时间也是空间的结果？这同样是一个艰难的问题。但可以肯定，空间本身几乎是不可触碰的。如果触碰了，并将它剥开，那一定与剥洋葱一样，剥到最后，什么也没有。实际上，不仅仅是洋葱，其他东西剥到最后也是如此。

我是否进入到了“空间虚妄”论？但这显然是个伪命题，因为我们自己，我们的当下就处在一定的空间中。“什么也没有”也仍然是空间中的没有，而并非没有空间。没有空间是不可想象的。

但我们真的在剥吗？任何果子，不论是夏天的，还是秋天的，都不能自己将自己完整地剥开，因为我们包括我们之外的一切既是时间的，也是空间的，概莫能外。

谁说过：认识你自己。在我看来，这既是一个美好的愿望，也同时是个伪命题。任何渴望认识自己的行为都必须通过一个媒介或者说对方甚至第三方来实现。通过媒介或者对方甚至第三方反射出来，其结果难道不是一个镜像吗？镜像要么是正立的虚像，要么是倒立的实像。正立的虚像或者倒立的实像是本来的你吗？时下，第三方这一概念几乎是一个评估机构抑或监督机构的代名词。那么，你是被评估出来的或是被监督出来的？你信这个有点“可爱”的结果吗？

反正我不信。

空间总是现在的，但它不能脱离过去而存在。正如那朵花，它到底去了哪里？答案说去了时间的深处。时间的深处在哪里？按照萨特在《存在与虚无》中阐述的观点：过去已不存在，未来尚未存在，至于瞬间的现在，根本不存在，它是一个无限分割的极限。也就是说，时间的深处是一个不存在。如果回到前面“不在那里也仍然是存在”的观点，时间的深处就是一个不存在的存在。这个不存在的存在是否类似于宇宙中的黑洞？答案应该是否定的。因为回忆能从时间的深处亦即“不存在”带着空间逃逸并几乎能恢复此前那“毛茸茸”的种种形态，让我们知道它在其所在的位置。知道它既有叶片，也有躯干，有露水，也有花香。

谁都知道，生命是一维的。一切生命的一维性因时间决定，这个决定导致有思想的人不断地回看、回望——“一处相思，两处闲愁”。或许，人生的幸福就在这“一处相思，两处闲愁”之中。但这“一处相思，两处闲愁”实际又都是在前行中所得，是前行中一种幸福的抵抗，不打折扣，不缺斤少两。

谁能执行“在前行中倒退”这道命令？人类到目前为止，既未能造出这样的车辆，也不能造就这样的自己，因而世界只有向前，没有其他，回看、回望只能算作前行的方式之一，且这种之一的方式的结果是虚拟的，极其不真实。如果设定它是真实的，首先必须设定过去是存在的。过去是存在的，那就证明我们可以执行“在前行中倒退”这道命令。这好像又是一道“鬼打墙”。

据说，“鬼打墙”只发生在午夜行路之人身上。

“每个人都有自己的子夜时分。”著名诗人沈天鸿在他的《虚构》一诗中这样提醒我们。这样一种提醒当然是子夜时分的提醒，我们需要我们的子夜时分，在身心沉静之时回过头来如纳兰性德般“伴我萧萧有代马，笑人寂寂有牵牛”。但我们也需要那声碰巧的咳嗽或叫喊。

我一直讨厌“飞矢不动”这个理论。当然，我也就同时讨厌那个古希腊数学家芝诺。飞矢怎么会不动？芝诺难道只认识空间而不认识时间？或者他能将时间与空间切割？

而这是不可能的。

飞矢的每一个瞬间都有一个位置，芝诺的每一个瞬间也都有一个位置。我们也是如此。这个位置长在时间里，时光让这个位置既拔不出，也停不了。既在又不在是飞矢的全部。正如芝诺与我们，我们既在又不在。

芝诺得出的这个结论，是不是因为在芝诺的心中一直有这样一个假命题存在？假设它存在，然后去证明它存在。正如萨特所说：“有了非反思的意识才使反思成为可能。”

时间不能保存，空间同样不能保存。它们均不是奇货，不可居，因为万事万物皆附其体，并随其“羽化而登仙”。如果“可居”，那保存下来的绝非保存之物。时间、空间极易成型，且不可改变、不容置疑，所有的质疑之声都是针对已然过去了的时空的反思。所有的反思都是企图改变，都是如我在文章开头部分所述之偶尔抬头式的反思与改变，而这种抬头式的反思与改变只能是当下的改变，与其他无涉。

时间与空间又均具有“挥发性”，极易“挥发”，甚至是此刻一过，便已成生离死别。因而“飞矢”挽留不住，“飞”是它存在的形式。

时间与空间也极易变色、变质，且不止于碳 14 的衰减。但变了质的时间与空间是什么呢？我一直在想，那些五千年的残片、一万年的化石……它们是变了质的时间与空间吗？我感到我无法鉴定它的真实身份。实际上，它们只是按照它们现在的模式而非五千年前、一万年前的模式进入到了现代的时间，当然也包括空间。我们只能按照它们自己提供的这个时间与空间中的模型来对它们进行理解与判断，抚摸或感叹。

实际上，时间与空间同时具有再生性，即灭即生。有人说是无限再生。我对无限一词一直有些不解，它最多只能算一个形容词，而不能算是一个客观陈述。因为没有谁有这个能力与经历去知道某种东西某种现象是无限的，也就是说找不到它的终点不等于没有终点。一切皆有始有终——这个一切当然是指我们知道的一切——在这个宇宙的逻辑思维中好像找不到幸免的。

时空的再生与挥发几乎是一致的，同步同构，它既不需要审核，也不需要批准，就那么大胆地将时空直接投放到时空。它需要依据吗？如果需要，那这个依据是什么？是经验吗？经验是经历过的、反思过的产物或结晶，而反思需要另一个时空。这不具备可能性。

是柏格森所说的绵延吗？柏格森说：“过去会自动地将自身存留起

来。作为一个整体，过去或许每时每刻都跟随着我们。”这个跟随着我们的“过去”就是那个五千年的残片、一万年的化石吗？

五千年的残片、一万年的化石……应该就是上面提到的那个“模型”，类似于“核心”。而这个“核心”完全处于现在的时空。

我感到我们的确再次遭遇了“鬼打墙”。

碓臼的气息

突然就想起了老家那个笨重的碓臼。那青灰色的气息微弱却又十分强烈，无遮无拦迎面而来，没有任何前奏，不期而遇可能讲的就是这个道理。可今天，我并没有与它实质性地相遇，我此刻只是坐在午夜的电脑桌前，敲键盘的声音也不像父辈们用碓臼舂米的声音，既没有诱导力，也没有媚惑性。

是一种暗示，还是一种提醒？但这一定不是激情所致，冷冰冰的有些丑陋的碓臼应该不会让我突然产生出激情，何况我已过了激情的年月，碓臼在这方面应该已属“也无风雨也无晴”的那种。我老家的碓臼穿过了多少风雨才抵达我的童年时代，从来没有人告诉过我，就像我的故乡本身，估计也没有几个人知道它的底细，它也不可能成为人们茶余饭后议论的对象。但今夜，它一定穿过了很多道幽暗、跨过了很多道门槛才抵达这个午夜的我的桌前。其实也不是桌前，而是眼前，也不是眼前，因为我伸出去的手并没有触摸到它的感觉，因而它类似于一个不存在的存在。我只能理解为，这是它的另一存在形态。

最后一次与老家的那个石碓臼相遇是什么时候，已记不清了。记不清的东西也仍然在脑海中时时叮咛一般闪烁，既不肯离去，不肯止息，也不肯清晰起来，类似于记忆强迫症。记忆强迫症肯定是一个缺陷。人类的每一点进步其实就是不断使缺陷完整，即让缺陷不再缺陷，但我感到，这几乎是不可能的。包括记忆强迫症，它的治疗方法，一般也是让患者放下，即努力让他不去思想过去，不去唤醒过去，从而让自己以及自己努力思想的那些东西进入忘川。

碓臼也是有缺陷的，缺陷到它不再是一块光秃秃的石头。与普通石头相比，碓臼的不同之处就是被石匠凿出了个窟窿，也就是这个窟窿让它成为了碓臼，而并非原来意义上的石头，因而它比普通石头少了许多部分。就是因为它比普通石头少去了许多，它才与我的祖辈乃至祖祖辈辈结下不解之缘，并演绎出许多负累。我因此一直认为，缺陷往往使物或者人异化，尽管那缺少的部分与原来的部分并无二致。碓臼如果没有这个被凿出的窟窿，没有成为碓臼，如果它还在原来的那座山上，那它会是什么样？是否反而被风化了？反正肯定不会成为我记忆强迫症的一部分——我无法在乎每一块普通的石头。

印象最深的是几年前，我回老家屠家田，没事的时候转到老屋的前面，偶然看见那个碓臼躺在老屋前面的那片杂草丛中，若隐若现，一副失魂落魄的样子，有些像蹲在它后面已然出现多处漏洞的老屋。哥嫂侄儿们早就迁居到马路边宽敞的新房了，老屋因而无精打采。此时的碓臼呈青灰色，一动不动，给人一种分娩过后的安详恬静的感觉，它的上面好像已有了些许的青苔，里面有一些不知是什么时候沉淀在里面的黄泥巴，泥巴也因干燥而龟裂了，但它仍然光滑，线条仍然既棱角分明，又柔和舒展。当年父母，也不光是父母，而是父老乡亲们被生活打磨的艰辛虽不是历历在目，但可以从这里追索开去。我不知道岁月在这个碓臼身上到底做的是加法还是减法？但那些清纯的谷物发出的笑声，那些时时三五成群、匆忙而单薄的身影无疑已消失在巨大的虚无之中了。

虚无是一种拒绝吗？那些杂草厚重而富有弹性，有小花绽放，也有子实裸露，几乎将碓臼完全揽入怀中，如果角度不对，我当时肯定无法从碧绿的野草中分辨出那一点青灰色来。

对，的确是一个角度。角度决定一切，包括贫瘠与富有。从某个角度看，碓臼是贫瘠的，贫瘠得回到了它的原点：仅仅是一块几乎无法派上用场的石头，与其他石头相比，空洞几乎是它的全部。经过了不知多少个年月的积淀，却仍然空洞洞的。是不愿意储藏岁月，还是岁月故意不想在此逗留？真有点让人匪夷所思。是因为它被掏空了吗？像它一直存在着的那些年月，被掏空的那些年月是无法补充完整的。任何的补充都显得多余，从这方面来讲它又是完整的，完整得无须、无法去填充。我产生这个想法时，我看见了身后破败的老屋，它应该也是被掏空了的，且被岁月掏空得那么彻底与不可思议。

被掏空却仍然沉重，这就是老家碓臼的属性？

不过，老屋一直没有坍塌，它仿佛不愿就此塌下，了却自己，它在等待什么，始终不肯从这里简单地消失，好像是被什么力量支撑着，而不是被那几段土墙与几根檩梁以及上面青灰色的瓦片支撑着似的。像祖先或父辈打给我们的一个结，等着我们来解开它。碓臼当然无法坍塌，但它似乎在萎缩。我不知它是否真的萎缩了？但我没有，其他人也没找到那个萎缩的部分。

老屋没有走到它的尽头吗？走到尽头的路是消失还是得到了拓展与延伸？我感觉到老屋即便轰然一声倒下去，它也仍然在延续，仍然是一个结，仍然坚定地存在着。存在就是一种抵达。杂草丛中的碓臼也是如此，它要抵达什么？我想不出个究竟，郁而不明。白居易所述“远芳侵古道，晴翠接荒城”是这种景象吗？碓臼一直不说话，老屋一直不说话，茂盛的杂草也一直不说话。我不知道到底是杂草莅临碓臼之上还是碓臼莅临杂草之上？它们似乎只有在此时，方能产生结合的可能。

其实，每一条道都是古道，每一条道古人都曾经行走其上。“山重水复疑无路，柳暗花明又一村。”陆游的感叹印证了这一点，包括我家老屋前面的这条被荒草侵蚀着的影影绰绰的道路。它们被不断修改与掩藏，祖先的脚印被庄稼覆盖，庄稼又被祖先的脚印覆盖，但路仍然存在着，只有修改，没有其他。在这条被修改的道路上，我想，一定既有阳光的照耀，也有洪水的冲洗，既有果实的飘香，也有猪牛屎溺其上。这种轮回就是我老家的历史，也是人类的历史。庄子说的“道在屎溺”可能也是因有了此发现而思考出的结论。

历史其实在任何时期都是辉煌的，包括那些一笔或数笔带过甚至没有留下任何痕迹的历史。但碓臼的辉煌连接的是贫瘠，我家老屋也是如此。而打破这个连接却需要抛弃。但实质性地抛弃，似乎谁说了都不能算。实际上，老屋的青灰色的瓦片上已长出了几棵或数蓬杂草，在秋风中枯黄地摇曳。与那个被杂草揽入怀抱的碓臼相比，它们哪一个都比一棵小草更低。

碓臼最初给我的记忆是父亲给我讲的一个故事，而这个故事就是一次抛弃，一次对碓臼的抛弃：宰相刘罗锅中榜后，喜报传到家时，他妻子还在碓臼旁边舂米，她听到喜报后，立马站起身说了两句话：“拍拍身上灰，永世不筛米。”我仿佛看到那个碓臼旁，刘罗锅的妻子的脸被她自己因扑打身上而溅起来的灰尘遮住了。如果从审美的角度来考量，当时她的脸应该是扭曲的，既被阳光也被尘土所扭曲。这扭曲对应的应该就是人性的另一存在形态。碓臼因而在我的记忆深处是沉重的，它远远超出它笨重的肉身。

实际上刘罗锅一生无法抛弃的恰恰就是那飞起又落下的尘土，因拍打而飞起的尘土，没有多长时间又慢慢落在了他的身上，挥之不去。这是他妻子企图抛弃的碓臼为他定下的结论。每个人都逃脱不了这个结论，正如前文所述：谁说了都不能算。

在我的记忆中，碓臼的主要功能或者说实质性的功能简单到只是把谷物粗糙的外壳脱去，从而使谷物的核显露出来。就是这么一个简单动作，碓臼进行了千年。千年的时间，碓臼始终只能将谷物的外壳脱去，而没能把自己的外壳脱去，仍然一副青灰色，仍然是一块坚硬的石头。即便是现在它躺在杂草丛中，我也仍然只能看见它的这个形态——石头的形态。

想起宋代理学家程颢的诗《秋日》：“万物静观皆自得，四时佳兴与人同。”我不知程颢说的是我自得，还是物自得？程颢在这首《秋日》中继续写道：“道通天地有形外，思入风云变态中。”从程颢的角度出发，我想那静静地躺在杂草丛中的碓臼应该就是天地之形，亦属通道之形了。

通道之形却只能躺在老屋前面的杂草丛中。哥嫂侄儿那些宽敞亮堂的房子不会收留它，我亦不能将其搬入我在这个小城的住处。只有每年枯萎一次的杂草为它腾出了储存的空间。杂草常常莅临其上，覆盖它。它的高度因而时时低于草的高度。

想念江主任

人的一生有很多转折点，读书、工作、结婚、发财、升迁……站在这些转折点上，人必须有自己的亲朋及正直、善良者鼎力相助、指点迷津，否则，不是误入歧途，就是走上一条本不属于自己的人生之路。

我就是在参加工作这个十字路口遇上江主任的，遇上江主任可以说是我一生中最大的幸事。记得那还是20世纪80年代初，我刚刚迈出学校的大门，虽然不是因为高考落榜，但我却堂而皇之地成了回乡知青，正正经经地做了一个渔人，心里当时很不高兴，可有什么办法，“手指岂能撬动大腿”？生在这里长在这里，不回到这里回到哪里？日出撒网，日暮收网几乎顺理成章地成了我的全部，只是可怜我体内的那一星半点想读书、不甘心就这样如祖祖辈辈守着这方圆不过几千亩的水面终其一生的欲望，时时在撒网之后、收网之前忽明忽暗、忽沉忽泛。

也是一个偶然的机会，我去乡政府卖鱼，政府办公室里一张即将过时的《安徽日报》上的一则关于“我省将首次开考高等教育自学考试”的消息点亮了我的目光，我顺手拿走了这张报纸，并一口气跑到了在船上等我吃早饭的哥哥身旁。我把我的计划告诉了哥哥，哥哥虽然没有文化，但深知我的底细，不仅同意我马上就去县城报名，而且还给了 30 元钱的报名费。当时像我这样身份的人去参加这样的考试在全市乃至全省的确不多见，因为它既不能分配工作，也不能获取钱财，只是读书、考试、承认学历而已，毫无它用，可它对我的吸引力却十分强烈，我要以此证明我自己、充实我自己。兴许正因如此，当时行署招生办江主任很快从一大堆考生中发现了我，认为我与众不同，让他很受感动。

第一次与江主任见面是在行署教委召开的自学成才经验交流会上，我当时是县教委推荐的两名与会人员之一，江主任那朴实、善良、智慧的外表一下子让我感到亲切、没有距离感，他没有因为我的土气兼略带腥味的装束而有所嫌弃。这可以从他那关切我的目光，不断向我了解我的家境、打听我的学习情况，让我在会上作经验发言等行为中看出。他还把我介绍给了《安徽日报》社的记者、行署人事局的有关领导。我深知他的良苦用心。江主任与我素昧平生、萍水相逢，这样竭力推荐我，某些人可能想不通，但正是这种不通“情理”“想不通”使我迈上了今天的工作岗位。

1986 年春天的日子令我终生难忘。县人事局通知我体检时，我知道了我即将从一个渔人转为正式国家干部，我有些诚惶诚恐，是不是自己听错了！当时自学考试还只开考七门功课，我虽以优异成绩全部通过，也不至于……何况这种学历考试本身就不分配工作，何况我乃一介“渔夫”，当我收到江主任询问我体检是否顺利的信件时，我才知道这一切系他老人家的苦心安排，县教委招办不久后不仅证实了我的这一猜测，而且还告诉我江主任专门为此几去行署人事局，父亲连呼我遇上了办事公道的“贵人”。

我一共收到过江主任四封来信，一封是鼓励我好好学习，别负所望，并随信汇来 50 元人民币作为我去安庆考试的盘缠——不知他是怎样知道我没有路费的；一封就是这体检之事；另一封是他得知转干指标冻结，鼓励我不要泄气，振作起来。一个月后我收到了江主任的第四封也是他写给我的最后一封很短的信：“招干指标已解冻，静候佳音。好好工作。有机会再去你家。”

现在想起来，我仍旧百感交集。是什么力量使未抽过我一支香烟的江主任对我如此垂爱？我至今不知江主任家住哪里。安庆出差，多次打听，虽知道他已然退休在家，但十多年了总没能去看他。是江主任认为我工作平平、恨铁不成钢，不想见我，还是其他原因？我总感到我有些“忘恩负义”，父亲临终前嘱托我见到江主任一定代他感谢的话时时在我工作之余撞击着我的心灵。

星汉灿烂，天籁俱寂，看来我只能站在这小镇夜色四合的街头祝江主任海屋添筹了。

消失的冬天

已经是冬至时节了，我仍旧没有进入冬天的感觉。冬天被某个瓶塞子堵住了，虽不怎么严实，但足可以阻止其大规模外溢。冬天只是在那个瓶子里面呼啸着，雪花飘飘。

我的被妻子擦得锃亮的皮夹克是否听到了这一切？我一天的忧郁就是从那件一直在衣架上晃动且准时擦亮我眼睛的皮夹克上开始的。

西方超现实主义者们总认为太阳是天空的一道滴血的伤口。从这个冬天——时间上认可的冬天——往上看，太阳的确很像，但不是天空的，而是我多年前在自家院落中劈柴时被斧子划出的那道伤口。从那个冬天到现在时间虽已愈合了这一切，但伤疤仍在。每至冬日便隐隐发痛，便让我想起那把斧子。

我常常在想，是那把斧子让我发痛还是那段时间让我发痛？“一切事物都有它的季节性”，一把斧子的季节性就在于它不断地劈开柴禾，然后在我身上划出一道伤口，然后渐渐消失。

但也有不消失的。那就是此刻田野上弯弯曲曲的公路，路边许许多多的围墙和工厂，它们肯定是土地的伤口，但土地的哭声不只是围着奔驰的汽车时起时伏的灰尘，也不仅仅是远处村庄中传出的孩子的一两声喊叫。

劈出这道伤口的那把斧子呢？

我在这条路上来来回回走了近20年。20年的时间的确太长，它让许多不可能的事情都成为可能。先是铺上石子，后是改铺沥青；先是10米宽，后是拓宽至20米、30米，再后来就是将部分的弯曲部分地拉直。这无疑是一种进步，证明这种进步的证据无疑是汽车的时速，但进步并不总是一件令人愉悦的事情，或者即便是，也是一种沉重的愉悦，比如我，此刻走在正午的路上的我。

北风吹动，北风在这滴血的太阳底下显出它的微弱和乏力，与那个瓶子里面的冬天相对应。公路两旁的杂草习惯地枯黄下去，随风摇曳、颤动——习惯性在这里得到了张扬，即使具备冬天的气候也不行。是风在颤抖还是草在颤抖？过早肥大的油菜在远处山冈上生机勃勃，这不应有的生机使几个农家妇女在那里转来转去，她们不断地弯下腰去睁大眼睛，拔起那些过于肥大的油菜，然后站起来环顾四周，寻找去年的那场大雪，感受去年那一直向南劲吹的北风。

失却了雪的参照的油菜也就失却了自己。它只知道生长，忘记了时间、忘记了季节性。路旁那个灰蒙蒙的工厂中两个孩子放出的风筝也在生长、升向天空，不可避免，风筝在代替两个孩子在空中寻找雪，寻找雪的脚印。

近一个月来，我一直起身较早，可总是比我窗前的那棵树迟到半步，树一直站在清晨迷蒙的雾中等待着去年挂在它身上辉煌的冰凌，等待着冰冷的雪的浸润。树上仍存在着几片树叶，半枯不黄，这肯定是个异物，该离去时不肯离去的异物。树的茫然使这个异物有了栖身之所，有了其存在的理由。一只画眉定时立在上面，它从一棵枝杈跳到另一棵枝杈，与我照面后便向着太阳升起的地方飞去。画眉的飞动让我恍惚起来，让我不知穿哪件衣服出门更显合适。

雾总是很快就散去，或者是我出门前，或者是我刚刚出门。这唯一象征冬天气息的薄雾也经不住那颗滴血的太阳的抚摸。抚摸也是一种伤害，一种麻醉神经后导致的伤害。这样的伤害最难愈合，即使愈合了，也会留下深深的痕迹。

街道上没有一个穿皮夹克的人。人们仍旧大多穿着夏季里蓬勃的衬衫或者裙子上班、干自己想干的事情……有的最多加上一件毛衣。那浑身长满了小孔的毛衣透着气，使体内的温度及时得到平衡。“人是唯一不为秋天所动的花朵。”（沈天鸿语）从这个意义上讲，人并非不动，只是人善于辨别温度，并在辨别中等待，在等待中突现他的苍白和无奈。就像我家茶几上那盆过早地开放的水仙花，现在任何力量也不能使它在预计的春节绽放。预计也有它不可逾越的鸿沟，一旦失去前提，它就会产生风暴，卷起尘土，让你睁不开眼睛。

人到底是怎样的一个生物？必须经历冬天，必须让斧子划出伤口，然后回头寻找斧子，忍着痛踏着纷飞的大雪，人才会露出笑脸，才不至于无所适从，才不至于像我眼前这位蹲伏在墙角的老人，老人并不看我，他那张憔悴而苍老的脸抬起来只是为了看看正午的天空，然后又慢条斯理地修剪他那苍老的指甲。

谁能忍受习惯被破坏？谁能忍受冬天的抽身？看着这个在冬天的正午脱下那带给他烦躁的棉袄的老人，我是更加相信这一点了。

母亲的眼睛

从我记事时始，母亲的眼睛，严格来说是母亲的眼眶一直是红着的。虽不是通红，但总不同于她的同龄同代人，准确地说与她自己当下的心情心境不相称、不配套，无论是高兴之时，还是悲伤之际，她总让我误读出一种刚刚揉擦过的感觉，虽然是那么不可替代的慈祥，不用言语透露半分怜爱——母亲全部的爱都埋藏在她的心中，契合着“大爱无言”“喃喃教言语，一一刷毛衣”，白居易的诗似乎只有下半句适合于她。随着母亲年龄的增长，红的程度也在加重，让我不敢细细卒读，生怕触摸到了她眼睛的深处，那个深处似乎是一个轻轻触摸都能滴出血来的深处。

但我的确难以琢磨清楚，这个深处到底隐藏着多少沧桑与切肤之痛，这个也许不该由她一人承担的切肤之痛应该分属于我们家族中的哪些人？我们从中获取了多少？

母亲实际是童养媳，据母亲自己回忆，她是八个月大的时候就被抱养到后来的我的外婆家中，而外婆之所以抱养母亲是因为外婆的儿子夭折了。从这个意义上讲，母亲虽是童养媳，却有了不幸中的万幸，她是喝着外婆的奶水长大的“女儿”。因而母亲与养她长大的我的外婆多了一层关系，这个关系决定了母亲的童年比别的童养媳多了一层真正意义上的母女之间的温馨与甜蜜。也正是有了这层温馨与甜蜜才有了后来“下嫁”到我们家中的基础。因为只有母亲，甚至是只有开明的母亲才会同意女儿背叛式的选择。

当然，这个母女关系并不能从实质上改变我母亲童养媳的身份。童养媳对于母亲来说实际就是“等郎媳”。几年后，外婆果然生了舅舅。母亲说，她无法不把舅舅当弟弟，虽说有那份两小无猜，有那种青梅竹马，但弟弟仍然是弟弟，母亲说。“两小无猜、青梅竹马”在我母亲那里读到的是另一种身份与含义。因为母亲终生不知青梅竹马为何物。

母亲好像是十岁或者是八岁左右就走到了田间地头。这里说的“走到了田间地头”是说她不再是一名儿童，而早早就结束了她的童年生活。这应该比《孔雀东南飞》中刘兰芝“十三能织素，十四学裁衣”还要早一些，功夫还要深一些。外婆说母亲相当聪明。外婆家专门为舅舅请了先生，也就是家教，母亲在一旁边纺线、做饭边听先生教书。结果，舅舅还没会，母亲就会了。这也就不难解释母亲不识一字，却常常背《三字经》《增广贤文》及一些零碎的唐诗宋词给我们听了。我无法想象，几乎没有童年，已经裹了双脚的母亲是如何深一脚、浅一脚，在坑坑洼洼的地块上耕种。每问及此，母亲总是淡淡一笑：“牛比人听话多了。”

现在的孩子无法想象纺线是干什么的。我的童年耳朵里半夜都能听到纺车“呜呜”的叫声，甚至整个村庄都是一个纺织车间，因而整个村庄也就浸泡在了“呜呜”的叫声之中。我十岁之前身上的衣服几乎都是母亲纺织的粗布。

我家住在横跨皖鄂两省的泊湖边，家乡有句农谚：“养女莫嫁河沿下（家乡方言念 hā），日里撑船打大网，夜里点火织麻纱……”我不知麻纱是什么纱。但从农谚可以闻出我父辈们湖边生活的艰辛。我外婆更胜一筹，晚上纺线从不点灯，应该是舍不得点。有月光时就着月光，夏天把纺车搬到室外，冬天把门打开，让月光照着那根粗细不均的纱线游走。无月光时就在纺车头上插一根香，这丁点大的香火比母亲的童年还要暗淡，母亲就是靠着这丁点大的光亮与外婆一起走过了一个又一个的夜晚，走过了她的童年，甚至是她三分之一的人生。母亲说，一晚大约要纺完三根香。

父亲说，母亲做姑娘时，眼睛真的很好看，虽然常年在太阳底下晒，皮肤却是全村女孩子中少有的白，那时村里人都喜欢叫她白皮。我相信父亲的话是真的。我零碎地记得母亲告诉我，父亲也有一个“幼婚定”式的“童养媳”，他不惜与祖父决裂，嫁了“童养媳”娶来母亲，这个中必有我们不知道的秘密以及只属于他俩的甜蜜。这甜蜜几乎没有被我们这些做儿女的分享到，永久性地藏匿在了他俩心中——每次谈到父母的爱情时，我们姊弟七人几乎都摇头——这如同我们姊弟七人中没有一个分享母亲的皮肤的白洁，而是遗传了父亲的黝黑，甚至包括他的坏脾气。也许这个坏脾气，是母亲眼睛红肿的第二次伏笔。我不是说母亲后悔自己的爱情，不是，绝对不是。母亲似乎从来没有，说句不孝敬的话，即便是后来，舅舅在大城市工作，而我家因儿女众多，家境仍然贫寒，母亲也没有因“下嫁”父亲而后悔初衷。糟糠生活他们一直恩爱有加。

人生三大悲事，我母亲似乎占了两件：幼年丧父，老年丧子。幼年丧父，母亲不知悲为何物，因为她在襁褓之中就已被外婆抱养。刻骨铭心的是老年丧子。

二哥 36 岁因病离世，让母亲一下子苍老了少说也有 20 年。20 年的时光因此丧失，我是说我母亲应该能活 80 岁的。而这以后，母亲的身体每况愈下，二哥去世四年后，不满 70 的她就离开了我们。现在回忆起来，我仍然禁不住满眼泪花。二哥去世那会儿，一家人都在哭，只有母亲一人没有，她坐在房（卧室）里面，低着头，一言不发，那么安静，与在那躺着的二哥一样安静，颤抖的手里捏着二哥临去医院时，换下来的衣服，一种手足无措、束手无策的样子，红红的眼睛一直肿着。我去劝她想哭您就哭时，她竟然回答得离奇的正常："哭也哭不出来，哭也哭不回来，不哭了。"我知道，母亲全部的悲伤堵在她那瘦弱的胸口。

事实上，我平生最怕母亲的哭声，这个症候不知是从什么时候患上的。家乡有句话叫"亲娘喊千里"，娘的声音穿透一切，包括时空。我母亲的悲苦，我隐隐感到那是一种撕心裂肺，柔肠寸断，是一种心如刀绞。

应该是二哥离开满了百日后，我真切地感受了一回，这可能就是母子连心。

那是一个秋日的午后，记得并不是在二哥的坟地，我发现母亲时，母亲在二哥经常劳作的一块田边坐着。母亲并没有号啕大哭，而是老泪纵横，不断抽泣，双肩不断耸动，一缕白发被秋风吹得像半枯的树叶在飘，双手捏着一点似乎是刚刚砍斫的柴禾不住地颤抖。也许是"童养媳"的身世造就了她平时习惯性地密封着自己的内心，但那一刻，我知道我坚强的母亲心中的大堤崩溃了，塌陷了。我不知道她哭了多久，当我抱着她起来时，她却又一次无意识似的将自己封闭起来，擦了擦那红肿的眼睛，淡淡地唤着我的小名：国，回家吧。

就是这短短的四个字让我这个做儿子的无地自容。谁能做到像母亲一样把自己的痛一丝一毫地藏匿起来，生怕亲人因此而痛苦？

我常常想，那红肿的眼睛是不是母亲一生悲苦的窗口？

我突然想到了沉香树。沉香在受到剧烈创伤后，其树身便会出现难以愈合的伤口，裸露的伤口被细菌和微生物感染，刺激树的脂腺，久之，在气候条件下，经过陈化，慢慢完成结香。经过如此艰难的结香过程，得来的正是沉香树悲苦的结晶。

那些结晶不就是我母亲那红得快要滴出血来的眼睛吗！

沉重的等待

提笔为文已十几个寒暑了，回过头来，每每产生一种怅然若失的感觉。履迹歪歪斜斜、弯弯曲曲，倒是路边的野花野草开了谢，谢了又开，一副不怕风吹雨打、枝繁叶茂的样子。

这大概是应了“有心栽花花不开，无心插柳柳成荫”这句古训。十几年的跋涉，伏案耕耘也的确不少，摞起来也有一大叠，报刊上也时时有文散见，然而，沉淀下来让自己满意的却不多，给读者留下印象的更是寥若晨星。

想起来也时时汗颜。20 世纪 80 年代中期文学青年如过江之鲫，到处都呈现出一批批文学的崇拜者和实践者，我大概就是这一批批崇拜者和实践者中之一。由于无缘走进考场，而无法圆高校之梦，对于当时一个穷乡僻壤的农村青年来说，所谓唯一的出路被封死了，授业恩师认为我很有文学天赋，“大丈夫当雄飞，安能雌伏！”我便断然挤上了这条良莠并举、鱼龙混杂、人满为患的文学之路。白天打鱼撒网，种田插秧，晚上在“如豆”的煤油灯下平平仄仄、古今中外地铺陈，虽有蚊虫、寒风的侵袭，也初衷不改，风尘仆仆、一门心思地往前赶路，当时家中唯一的一盏煤油灯在父亲的张罗下顺理成章也就成了我的专属用品。

一种功利思想加上恩师的点拨，竟使我的这种追求产生了巨大惯性。十几年后的今天，当我为自己总结这一事件时，不禁佩服起自己来。那时候的通信工具不像现在这样方便，特别是乡村，投一份稿、寄一封信要走十好几里的路程，又没有自行车，全靠两条腿，全凭自己心中那点滴虔诚。记得有一次，邮递员小齐见我如此，便好心建议我让他代投，我竟不放心起来，生怕自己的辛勤汗水不能准时投进信箱，出现闪失。我们村当时的邮递员每星期来三趟：周一、周三、周五的下午1—2点。这段时刻我几乎丝毫不差都在村小学守候，阴雨天、农闲时就不必说了，即使是下河捕鱼去了，我也要叫哥哥准时在1点之前把我送到岸边，然后一口气跑到目的地。1985年7月中旬，学校已经放假，邮递员将报纸和信件均放在离我家有三里多路的小学校长家中。7月，双抢已经来临，天气炎热难耐，6里多的石子路，摄氏三十八九度的高温，发烫的石子硬是挡不住我的赤脚，天天乘兴而去，却败兴而回，小齐病了，两个多星期未见到他的踪影，当时那种失落感比打鱼时从网上跑掉一条大鱼还难受三分。现在我还清楚地记得7月26日父亲那暴跳如雷的形象。当时父亲见我又要从打稻机边抽身，叮嘱我把稻场上的稻谷收起然后再去，眼看天要下雨了。我一时“求”信心切，擅自颠倒父亲的叮嘱，结果，不仅没有拿到信件，已经晒干的稻谷也全部被一场大雨淋湿。“你给我滚出去！”父亲那气得颤抖的手至今仍在我的眼前晃动。

想起来可能有些好笑。那时候编辑部不像现在，稿件不用一般均退回。记得我当时即便是收到一封退稿信也兴奋不已，收到了用稿通知甚至样报样刊，那就是几日几夜难合眼了。编辑部那牛皮大信封我们家现在还有一大叠，或许当时我认为自己能成为一个大作家，留给后人整理时参考。那些覆盖着灰尘的信封几乎没有破损，我都是小心翼翼用小刀慢慢将其拆开，跟样报样刊一起平铺在桌上，摆在家中较显眼的位置，以便客人能看见，能夸赞我几句。

“每有所获便欣喜若狂。”文友陈少林常常这样笑我，也的确很有道理。我这种“良好”的习惯至今仍旧保持着。我现在所在的这个镇子不大，邮局离我家也不远，因此我能边午睡边在众多的汽车、拖拉机声中分辨出邮车的声音来，然后迅速起床抱着侥幸心理一头钻进邮局分发室，看看当天的报纸上有没有我的作品，看看邮袋里面有没有我的信件。我怀疑自己是不是有点“病态”，按理说三十出头的人了，又不是作品头次上报刊，为什么一看见自己的作品还是如当年那么藏不住激动，那么左看右看不厌其烦。从周一到周五，我一直都在等待中度过，今天盼明天，明天又等后天，不幸下乡、到县城或出差去了，也一定不忘打个电话，问一下是否有我的东西或者直接请邮递员将报纸、信件送到我家中。

“抑制最基本的感受，从语言的核心部分挖掘出语言。”这是哪位诗人说的？我总也抑制不了自己，至于“语言的核心部分”，我更是找不着北。我不知我的这种沉重的等待何时是个头。

有浮躁之心必无澄明之境
——也谈碎片化阅读

碎片，一定是某件物品遭到了某种外部力量入侵的结果，且超出了其作为完整体所能承受的范围。但无论这个原来的物品是怎样的精致，怎样的独一无二与价值连城，比如唐三彩，比如某件青花瓷……闪闪发亮也于事无补。成为碎片，意味着“香消玉殒”，甚至就走到了其作为个体生命的终点，像纸走向“屑”，突然就出现了个“尸”字头，成为一具不规则的“尸体”，僵硬而单薄。

碎片不可能如薄荷、马铃薯、兰花等只要从其茎端切下生长点，接种在合适的培养基上，就能再生出完整植株。附着在碎片上面的信息量可能很少，有的可能就是减肥减下来的赘肉，很难想象通过此“赘肉”能“窥一斑而知全豹”。它也不可能如断臂维纳斯，具有残缺之美，因为存在其上的是残骸，而非残缺，不符合“冰山原理”之要件。

对碎片进行认真阅读与精细解读应该是考古学家或类似于此类专家之事，其目的或是对其进行年代考证，挖掘历史人文；或是对其进行复原，恢复它的本来模样与本真状态——从这一点来说，碎片是需要复原的物件，而不是相反。实际上，考古学家们也难以保证从一块碎片或几个碎片中提取“指纹”后，就能考证年代与历史人文，他们需要大量的碎片以便旁征博引，甚或费了九牛二虎之力提取的或考证的结果，与原来完整的物件仍然存在距离，甚至相去甚远。

碎片化，一个“化”字让碎片这个名词动了起来，它聚集了敲、打与切割以及一切能使其成为碎片的类似手段于一身。我敢肯定，如今风靡城乡的碎片化阅读就是这个类似手段之一。我甚至看见了那碎片上面因切割而渗出的血并闻到了血腥味。歪曲事实的短视频、断章取义的截图、只言片语的微阅读等，曾一度让人啼笑皆非、欲辩无言。

碎片化阅读中的碎片，我想至少有两层意思：一是被阅读对象呈碎片状态，敲、打、切割皆有可能。二是阅读的时间呈碎片状态，匆忙的脚步伴随着低头刷屏，见缝插针，旁若无人。无论其一还是其二，我想其结果，必是只见碎银不见宝藏，只见树木不见森林。当然还有第三种，那就是当下人手一机甚至两机或三机的这个手机类似于一块碎片。这个碎片既决定了当下碎片化阅读者的视阈，也为他们打开了方便之门。其本身的小巧结构与平面性质似乎是一个象征。它在方便了对象的同时，也让对象本身成了一块尘土一样的碎片，上不着天下不着地。

这些碎片到底从何切割而来，何人将它敲碎？以致大街小巷、公园厕所、车站机场，甚至宴会厅与会议室……几乎无处不见因这个引力的作用而低下头去的低头族，像蔫下去的花草，抬不起头来。他们为什么无视身边的人，却在乎远在天边的事？他们为什么沉浸在虚拟的世界里而不愿闻一闻沁人心脾的书香？他们为什么不惜车毁人亡，不怕处分问责？我想最关键有两点。其一是人从动物身上带来的惰性。碎片为人的这一懒惰提供了用武之地，让人享受到了因碎片带来的幻想式快感。抄近路、走便道是这些惰性的表现形式，表层结构与欲望诉求一体化是它们的运行模式。其二是人心的浮躁。

浮躁之心，必无澄静之明。即便霉变的碎片也仍然被奉为佳肴，觉得香甜可口。低头刷屏之时当然看不到山高水远，浮躁不定之心对接的只有虚无缥缈的狂欢。在这个群体式狂欢的背景下，暂时性欲望快感得到暂时性满足，其结果自然是杯盘狼藉，一地鸡毛，笛卡尔式的“我思”自然被驱逐出境。记得索尔仁尼琴在一篇题为《水中倒影》的散文中写过：“如果我们无论如何也不能映现清晰可辨的真理，那是因为我们还在向某个方向运动着。”现在这个运动方式就是那低头刷屏、碎片阅读的方式。

人类需要澄明之境，需要看见蝴蝶之舞，需要听到布谷之声。否则，人类可能在混沌中窒息，在欲望中丧生。

知识是一个整体、一本书、一篇文章，只要不是低劣的悉皆如此，不可敲碎，不可切割。敲碎与切割，其结果也许有闪光的地方，但这个闪光点没有质感，没有韧劲，没有张力，甚至没有生命。一首古诗，我们不仅要知道它的精彩之句，也要知道它的全貌，更要了解作者及其时代背景，这才具有美学意义，得到美的全部享受。我们不能简单地把万有引力定律敲打成一个掉下来的苹果，让这个苹果摔得四分五裂，也不能对爱因斯坦的相对论“大卸八块”。我们要读原著、品原汁、尝原味，这样才能达到初衷，实现目标。而不可盲人摸象式断章取义，到时可能就离题万里。

空谷回响

走着走着，就不自觉地往回走了，回望、回顾、回盼……甚至如今的所谓根据地写作、故乡写作、童年记忆……我想都是往回走的一种姿态在发生。同龄人集在一起时，三杯酒下肚，也每每总是想当年，想当初……那份甜蜜，那份伤感，既溢于言表，又恋恋不舍。龙应台、蒋勋等散文集《回忆是一种淡淡的痛》，仅这个书名就一语中的。的确，回忆总有淡淡的伤、淡淡的甜，痛时，即便不是泪如雨下，却也有几分不能自拔的心神不宁；甜时，即便不是令人羡慕，却也是让自己美滋滋的，自得其乐。我知道，我已在时不时地往回走了，或者说在寻找这份痛，这份与生命黏连在一起的情怀。

有一种现象叫空谷回响：空空的山谷，云淡风清，只要远离尘嚣与喧闹，哪怕轻轻一嗓子，或者轻轻一击掌、一叩山石，像触碰到了山门的门环，响声不绝，不断传送。我在想，难道我们走着走着，身体就成了一座空谷？只有回声在自己的天空发出声响，只剩回望了吗？

空谷回响似乎是我的童年记忆，童年的记忆注定要追随我们一生。

我的家乡虽非山区，却遍布丘陵山冈、湖叉堰塘。记得小时候的乡村野寨，傍晚时分，感到天快要黑成一片时，劳作的人们就转身往村庄走，走向那个依稀透着灯火的地方、那个依稀有三两声犬吠的地方，有人牵着牛，有人扛着犁，或者驮着稼禾、担着谷物……几乎没有人两手空空。其实，此时，前方仍然透着灰白，西天并非完全无光，路因为天光在变暗，因而与两旁的庄稼以及野花野草暂时性地、反向地明晃晃起来。

这种明晃晃当然是跟那些与天一齐暗下来的庄稼以及野花野草相比较而言。我实在不知为什么庄稼以及野花野草先于路面而成为黑黑一团？是藏匿在路边，观看我们在没有天光的情况下，那种左右顾盼摸黑前行且有些丑陋的模样吗？此时，在往村庄走的路上，我总感觉后面有什么东西跟着自己，我走一脚，那东西好像也走一脚，我停下来，那东西好像也停了下来，我猛一回头，又什么也没有，于是毛骨悚然，拼命往前跑，当然在往前跑的同时，仍然禁不住要往回望，看看那东西是不是跟上来了。有一次我因此摔了一大跤，此时，不远处传来村人的询问："那是谁呀？""我，摔倒了。"这温暖的一问，顿时让我胆大了起来，虽痛得一瘸一拐，却不再感到有东西尾随着，反而轻松不少。

这是一种什么现象？但我感觉每个在农村长大的孩子都应该有过此等"遭遇"。现在想来，这个跟着我们走的东西应该就是我们自己，自己踩出来的脚步声，自己踢出去的一颗石子，"反弹"回来击中了自己那颗长着"鬼"的内心。在那个没有车辆笛声等一切噪声的年代，乡村是空旷的，空旷的声音总能清脆地传送几里路程，特别在傍晚，免不了就有了那种空谷回响。这个空谷其实也是我们内心的空谷，甚至有些空洞，由于时代特别是乡村生活的单调，我们每天晚上都会在某个伙伴家集会，听大人们讲"鬼故事"，又怕又想听，久而久之，鬼就在我们这些孩子的内心埋下了种子，扎下了根，一旦有合适的阳光雨露，就会长出"毛"来，比如傍晚，一个人往回赶的傍晚，"鬼"就会从内心猛然往外蹿，一棵树、一堆草、一丛灌木均具有了“鬼”的形态，黑乎乎的恐怖，一声山鸡鸣叫、一只野兔、一星镜片经过稀稀的天光反射都像“鬼的声音、鬼的影子、鬼火”。特别是乌鸦，一声长鸣，几乎让我们魂不附体。那时，我们村庄是有乌鸦的，有时落在那个充满了祖先坟茔的树林里，黑压压的一大片。大人们说有乌鸦的地方一定有“鬼”。这些“鬼”似乎也总是吓唬我们这些孩子，当然也仅仅是吓唬而已。

记得那时在农村，没有记时的东西，钟表皆为奢侈品，一个庄子都难得一见这些奢侈品的尊容。家家户户只是通过那根细铁丝连起来的喇叭广播来记时，广播定时开，定时关，播音员那句“刚才最后一响，是北京时间八点整”的播报，让村民们知道该回家烧饭、吃饭了。除此之外，就是依靠观测和听力了，看日出日落，看月缺月圆，听鸡啼鸡叫。当然，也有另外的高人，比如我老婆的奶奶，她虽非出身名门，但却是大户人家的闺秀。奶奶能通过观看猫的眼睛来知晓时间，依稀记得她曾告诉过我：子午一条线，辰戌丑未一块片（一块片系我家乡的方言，本义是一块破布。这里的片当然是指一个小整体）……也就是说猫的眼睛一旦成了一条线，那就是子时或午时了，而辰戌丑未之时，猫的眼睛就是一个整体了。在奶奶传递给我这一难得的独家知识之前，我根本没听说过猫的眼睛居然能随时间而变化。我的记忆中，20世纪70年代末，责任田刚刚开始实行时，村民回家吃饭，一是看看太阳的高度，二就是等着家人喊。一声“回家吃饭了”的呼唤，原汁原味，没有任何阻隔，能让整个田野山冈听得真切，充满着饭菜的香辣。晴朗的天气，甚至能传送到湖的对岸去，因为我们时时能听见湖的对岸传来的呼唤。我常常想那些山歌或者民歌为什么基本属高音，估计都是喊出来的，真真切切，都是有血有肉的生活。

想象那时的田野山丘、湖叉地头，一片原始而空灵：“喊”成了一种彼此传递信息的生产生活方式。即便是在池塘边上打个水漂，我们都能大致知道水漂能在水面漂到什么地方沉下去，就像喊出去的那声回响，它会在哪个田头准确地进入那个被喊之人的耳朵里。现在，即便是站在对面大喊大叫，要么人家说你怎么那么没素养，要么一点也没听到，声音被莫名的车辆呼啸地带走。有时打电话没听到，发微信，忙着没看到。到处是低头一族，只远“交”，不近“攻”，生活理性到，除了理性地对待一切之外，什么也没有，什么都在排斥性地算清账目，然后，账本往旁边一扔，没有任何回声回响。

除了平日里偶尔喊喊之外，农历七月半是嗷吓的日子。傍晚时分，家家户户，娘亲站在离家门口百步左右，孩子跟在后面，娘喊一声，后面孩子便应一声，边走边喊，边走边应。那种虔诚，那种真诚执着，现代人可能品不出个中味道，只是感觉好玩、好笑。现在回想起来，那才真正是一则美丽的田园式童话，具有浪漫的诗情画意。母亲从大哥喊起，一直喊到我，喊出了生活的点点滴滴与艰辛苦痛。我感到家家户户的母亲此时都如数家珍，孩子们的一朝一夕一举一动实际全在她们心中敞亮着、存放着：老二，你在湖里拉猪菜，莫吓！快回家！老三，你挑稻被那个屋场的恶狗吓着了，莫吓！快回家！老大，你把弟妹们一起带回家！像讲故事一样娓娓道来，深情、动听、饱满。唯独没喊的或者说忘记喊的就是她们自己。娘亲们也总是在这样的时候忘了她们自己。

她们的内心何尝不是一座空谷？我们走着走着，就听见了这些回响。在这些回响中，有痛、有甜，更有那一声“快回家吃饭”的呼唤。